古典詩歌研究彙刊

第八輯

龔鵬程 主編

第 13 冊

李白詩文體貌之透視

翁 文 嫻 著

劉辰翁評杜研究

蔡 娉 婷 著

國家圖書館出版品預行編目資料

李白詩文體貌之透視　翁文嫻　著／劉辰翁評杜研究　蔡娉婷
著 ─ 初版 ─ 台北縣永和市：花木蘭文化出版社，2010〔民
99〕
目 2+68 面／目 2+104 面；17×24 公分
（古典詩歌研究彙刊　第八輯；第 13 冊）
ISBN　978-986-254-321-4（精裝）
1.（唐）李白　2.（唐）杜甫　3. 學術思想　4. 傳記
5. 唐詩　6. 詩評
851.4415　　　　　　　　　　　　　　99016400

ISBN - 978-986-2543-21-4

9 789862 543214

古典詩歌研究彙刊
第八輯　第十三冊　　　　　　ISBN：978-986-254-321-4

李白詩文體貌之透視
劉辰翁評杜研究

作　　者　翁文嫻／蔡娉婷
主　　編　龔鵬程
總 編 輯　杜潔祥
出　　版　花木蘭文化出版社
發 行 所　花木蘭文化出版社
發 行 人　高小娟
聯絡地址　台北縣永和市中正路五九五號七樓之三
　　　　　電話：02-2923-1455／傳真：02-2923-1452
網　　址　http://www.huamulan.tw　信箱 sut81518@ms59.hinet.net
印　　刷　普羅文化出版廣告事業
初　　版　2010 年 9 月
定　　價　第八輯 20 冊（精裝）新台幣 28,000 元

李白詩文體貌之透視

翁文嫻 著

作者簡介

翁文嫻，香港人。台灣師大國文系畢業，入香港新亞研究所，後到法國攻讀，得博士學位。現職台南成大中文系，開「現代詩學」等課程。出版詩集《光黃莽》、詩論《創作的契機》、散文《巴黎地球人》。致力研究詩語言古今傳續的可能性，發掘現代作品的原創點。提出「字思維」角度解讀詩質；追源創生性詩文字後的文化能量，推衍「行動詩學」，2006 年編輯《現在詩 4 —— 行動詩學文件大展》。

提　　要

　　本書是香港新亞研究所的碩士論文。作者師承徐復觀先生，將遙遠古典作品以自身血氣，貫滿現代精神。借徐氏疏理《文心雕龍》得出的「文體論」，透視李白性情本質、與乎藝術形貌之間的串連線索。

　　傳統批評裡人與文密不可分，研究「人」而後知其「文」。作者日後論文，經西方詩學訓練，程序相反。先沿文字符號而讀出詩人之境界、性情與乎時代訊息，方法不變。這早年的李白詩學，恰恰保留了自傳統理論脫胎至現代思維間的過程。

　　李白許多生平行徑之爭議，本書概以「前言」一節帶過，但並未減少對所處時代、及各時期遭遇之交待，在簡要中提挈出李白所關注的事物。內容分兩章：李白的本質、李白作品的藝術。自儒道思想的矛盾，性情真摯豪放之顯現，分析組成風格的各項因素：想像、用字、用韻、句法錯綜的特色；再分論李白美學之極致，「幽」與「動」的各類形相。雖然分章，但整個架構如一生命有機體，絲絲環扣。

目

次

前　言

　　李白之所以活在世人心中，乃在於其作品的光芒永恆不滅。我們讀着他的文字，總不自覺的被吸引着，爲何這有如此大的魔力？他文字有些甚麼特質？本文即欲就此問題，而嘗試去探索。

　　李白文字的外貌，我們閉眼可描繪出它的好幾種長處，例如富於想像、樸素自然、豪放有氣勢等，這是它藝術性的表現，也就是他文學天才的表現。而這些表現的內涵是些甚麼？顯然，細閱作品後終於發覺，那份魔力之根源，非單是文字的外貌，而是李白其人，他的思想、性情、與乎思想性情所結合的生活狀態，才是眞正感動我們，提昇我們心靈境界的根源。

　　徐復觀先生在〈文心雕龍的文體論〉一文中，提出要由文體來研究、批評文學，才是研究批評的正軌。文中有言：

> 某作家假定眞正創造出了一個成功的作品，則此作品必能形成一種文體，使讀者能加以領受。研究者必通過其文體以了解此一作家的本質。……因爲作者之文，是情動而辭發，所以辭是作者之情的形相：讀者披作者之文，可以接觸到作者之情。文辭是波，情性是源。順著文辭之波以討求作爲文辭根源之情性，則作者內心之所蘊，亦因之而顯露。文學鑒賞的目的，便在於能見作者之心，以純化深化讀者之心的。（《中國文學論集》71 至 72 頁）

中國的文學批評傳統，均重視人與文的關係，人的思想性情直接影響

到作品風貌，直接構成作品的藝術性。因此，本文欲從探求李白文字的體貌中，更進而研究李白這個人的特質。文章分甲乙二部：甲部探討李白的思想，性情與生活狀貌；乙部則探討其作品的藝術之美。若說乙部如一個美麗的果，則甲部的種種應該是這個果的樹根樹幹，套用韓愈《答李翊書》的兩句話：「根之茂者其實遂，膏之沃者其光曄」，二者是相依存的。

藝術果實歸源於性情思想，而性情思想的研究，又必須根據於李白的時代及其生平歷史的軌迹。不過，在這方面的論述很多，故本文對此只作一簡單的綜合敘述。

一、時　代

李白生于武則天長安元年（公元 701 年），卒于代宗寶應元年（公元 762 年），享年六十二歲。一生經歷過武后、中宗、睿宗、玄宗、肅宗、代宗六朝，其中玄宗的統治最長久，共四十四年，故李白受玄宗時期的政治形勢影響也最大。

唐代自太宗即位廿二年間，由於他的虛心納諫及長於用人，在政治上取得了輝煌的成就。對內，奠下了幾項影響深遠的優良制度：例如三省制，加強了行政的效果；府兵制，使國人覺得當兵有種榮譽感，加強了軍事武備的能力；均田制，使人民樂於開墾，刺激農業經濟，租庸調制，是較輕較合理的賦稅制，便利民生；而科舉制，更使政權開放給全國各階層的人，凡有志氣有才能的人都可投身仕途，使全國知識分子有份向心力。對外方面，他認為「中國既安，四夷自服」，認為四夷也是他的子民，應該愛護，使境內許多獨立部落相率要求內附。因此，貞觀時代的文治武功，都達到空前的盛況。

太宗後實質掌權的是武則天，她連高宗一朝至自己做皇帝，共掌政四十四年。雖以謀略取政權，卻能以優良的政治才能維持了她的地位。她能明察善斷，招攬才俊，使太宗朝建立的強盛與一統，在她手中得到更切實的鞏固。

武后死，中宗貞宗至玄宗即位，不過七年，這七年宮廷間雖有韋后之亂，然時間短促，影響不大。唐代因太宗及武后訂下的好成績，仍然生效，玄宗即位，唐代是一片欣欣向榮的氣象。這時，李白是十二歲。

> 唐玄宗在開元年間，是勵精求治的皇帝。但是，比起唐太宗、武則天來，就顯出他是弱點最大的一人。唐太宗經常以「守成難」、「慎終如始」警戒自己，武則天執持政柄，權不下移，唐玄宗恰恰相反，在勵精求治，取得成就以後，便精疲力盡，驕侈心代替了求治心。唐朝到開元時期才達到極盛的頂點，也就在這個時期的季年，造成了天寶時期的亂源。(范文瀾《中國通史簡編》修訂本第三編第一冊)

這段文字勾劃出玄宗政治的輪廓。李白少年期至成長期，由他十二歲至卅六歲這廿四年之間，是玄宗表現政治才能的時期，長於用人和納諫。開元之治，承襲了太宗及武后的基礎，向上更推進一步，達到唐朝的黃金時代。杜甫有詩〈憶昔〉，可以看此時社會的樣貌：

> 憶昔開元全盛日，小邑猶藏萬家室。稻米流脂粟米白，公私倉廩俱豐實。九州道路無豺虎，遠行不勞吉日出。齊紈魯縞車班班，男耕女桑不相失。宮中聖人奏雲門，天下朋友皆膠漆。……

這樣的一個社會，的確令人懷念。這樣的社會，也自然地令人有一種信心，願意將自己的才華投向國家效命。

可惜玄宗不能堅持到底，禍患潛藏在最興旺的時候。首先，是他寵信宦官高力士，開元十九年時，四方奏表已先要送交力士，經選擇才由玄宗過目。宇文融、李林甫、安祿山、楊國忠、安思順、高仙芝等人取得將相高位，皆因走高力士的私門，其他經吹噓而得小官職者更不計其數。又恢復了監軍制，派宦官監軍，權力超過節度使。出使各地，地方官莫不搜括逢迎，宦官每做一事都要搜大量財物，宦官是權力的化身，而各宦官皆受高力士指揮，連太子也要呼之為「二兄」、諸王公主呼為「阿翁」，駙馬輩呼為「阿爺」，其權勢可想見。(見范

文瀾《中國通史簡編》）

　　寵信高力士外，又寵信李林甫，玄宗在開元廿四年（公元 736 年）任之爲相，一直至天寶十年（公元 752 年）病死而止，掌權凡十七年。玄宗在天寶三年得楊太眞爲貴妃，寵愛無比，甘願將政事交付李林甫。《資治通鑑》說此人的罪惡有四大項：一、媚事左右，迎合上意，以固其寵；二、杜絕言路，掩蔽聰明，以成其姦；三、姤賢嫉能，排抑勝己，以保其位；四、屢起大獄，誅逐貴臣，以張其勢。這樣的一個朝政大臣，其爲禍是較內朝的宦官更甚。自然，李林甫正是宦官引薦，他懂得如何與高力士之間的權力均衡。

　　李林甫之後，玄宗又信任貴妃的兄長楊國忠。此人乃紈袴無賴子弟，姦惡較李林甫更甚，且多一項愚昧。曾對人說，我偶而碰上機會，誰知道日後是甚麼下場，想來我不會有好聲名，不如眼前享它個極樂（見范文瀾《中國通史簡編》）。這樣的人執國政，可見天寶後期的政治情況了。

　　李白的前半生，卅六歲（開元廿四年）之前，唐代的國力正是上升到頂峯，這氣象使李白對前途充滿理想。李林甫爲相後，禍事日積，到李白四十二歲入京，他才領略到宦官的豪富、氣燄（〈古風〉廿四）；權臣使明珠暗投，小人高位（〈古風〉五四）；與及玄宗在聲色享樂間將權柄移交的危機（〈古風〉五三）。此情況下，我們對他的被排斥，與乎日後縱酒山林，也許能有些了解。

　　安史之亂在天寶十四年開始，李白已五十五歲，他六十二歲去世，即這場變亂是在他生平的最後階段發生，這變亂的創痛，還未能對他起太大的影響。反而，唐代自太宗武后至玄宗早朝的朝氣，一直籠罩着他，直至四十二歲入長安。李白人生的三分二時光，可說都在蓬勃興旺的社會中渡過。社會的元氣，化成李白身上不息不止的活力，這點，對體會李白詩中那股總是令人振奮開朗的氣息，許或有其意義。

　　以上大略說了李白時代的唐代政治狀貌，以下願說說李白時代的宗教情況。

　　唐朝國威強盛，經濟繁榮，在政治上有自信心，在文化上也顯出這種信心，故不忌外來文化的介入。所以，外來宗教在唐代的傳播，極一時之盛。計有來自大食國的伊斯蘭教、來自中亞洲的祆教、來自波斯的摩尼教、更有那基督教的別支景教、與及東漢末年已傳入流行已久的佛教。其中，自然以佛教最具歷史，最有規模，堪與佛教爭勝的是東漢時，創建於本土的道教。道教徒奉老子李耳爲祖師，唐代建國者姓李，因着這一點關係，故東漢時已建立的宗教，至唐朝始能大行其道。

　　儒學思想自西漢武帝以來即深入民間，而佛教說輪迴因果，在亂離的魏晉南北朝三百多年大受歡迎。唐代開國，李淵誰不知這兩派勢力，但他爲了提高本身姓氏的地位，以對抗魏晉南北朝以來的門第觀念，於是要與教宗李耳攀關係，自認是老子後代，而對道教大加推崇。公元 637 年，唐太宗更下詔，確定男女道士地位在僧尼之上。武則天時代，爲了打擊李姓統治權，遂提倡佛教，貶抑道教。以後，唐中宗又趕緊尊敬老子，而韋皇后尊權，佛教徒復再得勢。玄宗即位，深深明白道教對李氏家族的意義，乃大興道教。開元廿一年，注成《道德經》，令學者讀習；次年，以道士張果爲銀青光祿大夫，開始信奉神仙之說；開元廿九年，以老子、莊子、文子、列子爲「四子」，成爲明經科考試的內容之一；次年，又封莊子、列子、文子、庚桑子爲「眞人」，日其所著之書爲《眞經》。由於提倡道教，佛教相對地衰退。玄宗爲了獨尊道教，更將儒家孔子的地位重新調整，宣稱孔子是老子的學生，在太清太微二宮的老子像前立孔子像，與四眞人待從並列。於是，道教的地位，凌駕一切。「上好之，下有甚焉」，求仙學道成爲民間普遍的風氣。而不少知識分子，更藉隱逸求仙的美名，不必經過科舉便被召見，躍登仕途，道士比儒生更易登上政壇。〔註1〕

　　看唐代道家思想的普遍，道教勢力的興盛情況，也許能解釋到李白的某些行徑，例如欲求仕而不參加科舉、愛隱逸山林、醉心於鍊丹

─────────────────────────

〔註 1〕見《李白研究論文集》中陳貽焮〈唐代知識分子隱逸求仙的政治目
　　　　的〉一文。

求仙等等。

二、生平經歷

（一）家世及籍貫

關於李白的家世，據《唐書》及李陽冰《草堂集序》，與范傳正〈翰林學士李公新墓碑〉等文，均認為李白是涼武昭王李暠之後，故世居隴西成紀，其祖曾因罪在隋末遠貶西域的碎葉城。到李白的父親，在唐神龍初年，才由西域潛返中國的四川錦州定居，李白是時才五歲。關於是否為李暠後裔問題，詹鍈曾作〈李白家世考異〉，加以否定。又陳寅恪所作〈李太白氏族之疑問〉一文，也根據隋末西域尚是突厥人所佔領，中國貶徙罪徒往該處實無可能，認為此說只是偽託。因此二種說法，尚不能成為定論，故仍從舊說。由李白日後的種種行徑看來，例如懂蕃文禮節、尚任俠等，亦可作一旁證，肯定李白確出生於西域，而受其民風影響至大。甚至可推想他的母親乃西域人，他的父親一定很有錢，亦好文學，或許曾從商，對西域的一切很熟悉。後出仕，《舊唐書》並謂其曾為任城尉。他在李白五歲時遷回中國四川定居，故李白在西域出生，在四川長大。

（二）少年在川時期（五歲～廿五歲）

李白的少年在川時期，凡二十年，可以說，這二十年中所養成的思想、學問、志行、性格、情感以及生活興趣，却支配着他的一生。首先，我們知他此時曾博覽羣書。

> 五歲誦六甲，十歲觀百家，軒轅以來，頗得聞矣。常橫經籍書，制作不倦。（〈上安州裴長史書〉）
>
> 余小時，大人令誦子虛賦，私心慕之。（〈送從侄耑遊廬山序〉）
>
> 十五觀奇書，作賦凌相如。（〈贈張相鎬〉詩）

這三段文字，看見他讀書的範圍廣泛，已經開始文學創作。他自己沒有具體說明看那一本書，然據王琦注解看他詩文中提過的歷史人物，

用過的典故，大概統計出他看過的書主要有：歷代史書、五經典籍、
道家及道教書、文學書等。乃見影響其思想的典籍是儒家及道家；文
學方面影響他的有楚辭、詩經、漢賦、樂府詩、魏晉以來詩人如曹植、
阮籍、左思、鮑照、陶潛、江淹、陰鏗、庾信、謝靈運、謝朓等。文
學上的豐富養分及磨練，令他在二十歲已獲得「天才英麗」、「可以相
如比肩」的讚語（見〈安州裴長史書〉）。

　　另外，他自云：「十五好劍術，徧干諸侯」（〈與韓荊州書〉），而
魏顥在《李翰林集序》中亦說他「少任俠，手刃數人」。這表示了他
少年除讀書外，尚重視武藝。讀書培養了他的志氣胸懷、練劍增加他
的體魄和勇氣，他不是個文弱書生，而是名敢作敢為的知識分子，為
了正義，他甚至可以殺人。少年的這類行徑，對李白日後在長安的遭
遇，影響至大。

　　李白的少年生活，除了讀奇書、好劍術外，還愛「遊神仙」（〈感
興〉其五），我們先看看他隱居式的生活。

> 昔與逸人東巖子，隱於岷山之陽，白巢居數年不跡城市。
> 養奇禽千計，呼皆就掌取食，了無驚猜。廣漢太守聞而異
> 之，詣廬親覩，因舉二人以有道，並不起，此則白養高忘
> 機不屈之跡也。（〈上安州裴長史書〉）

再看看他這時期來往的朋友：

> 犬吠水聲中，桃花帶雨濃。樹深時見鹿，溪午不聞鐘。野
> 竹分青靄，飛泉掛碧峰。無人知所去，愁倚兩三松。（〈戴天
> 山訪道士不遇〉詩）

「遊神仙」的內容，是隱居在美麗的山水中，與道士來往，養高忘
機，修養自己。李白少年時代已傾向於這種生活，促使他日後在仕
途失意時，便縱跡山林，訪道求仙。就算仕途得意，他亦總有着功
成身退的懷抱。

（三）出川漫遊時期（廿五～四二歲）

> 以為士生則桑弧蓬矢射乎四方，故知大丈夫必有四方之

　　志，乃仗劍去國，辭親遠遊。（〈上安州裴長史書〉）

李白離別故鄉，為了實現他的雄心壯志，終其一生，再沒有回來過。
這段時期的漫遊，主要是為着事業的理想而舖路。他欲登仕途，但沒
有採取一般人的參加科舉試，而冀望得力要人推薦，一旦成名而出現
在玄宗之前。所以，這時期他一方面漫遊山水，一方面交結天下朋友，
一方面主動的寫了許多份自薦書，給那些州佐官史，冀望薦引。以上
〈安州李長史書〉、〈與韓荊州書〉、〈上安州裴長史書〉等。

　　他漫遊的路線，廿五至廿七歲暢遊江南楚地；廿七歲至卅六歲則
以湖北安陸為中心，到附近的碧山、壽山、玉女峯、襄陽、鹿門山、
嵩山、洛陽等遊覽，廿七歲時在安陸與故宰相許圉師的孫女結婚，十
年間總不離安陸太遠，他自己所謂「酒隱安陸，蹉跎十年」（〈秋於敬
亭送從姪遊廬山序〉），見出這時期已開始嗜酒；卅六歲以後，移家東
魯（任城），到過太山、大庭庫、半月台、堯祠等名勝，並在徂徠山
與隱者韓準、裴政、孔巢父、陶沔、張叔明詩酒往還，並稱竹溪六逸
（見〈送韓準裴政孔巢父還山〉詩）。

　　這一段漫遊時期所交的朋友，除竹溪六逸外，重要的有詩人孟浩
然王昌齡；並交得道士元丹丘、元演，曾與此二人於隨州學道於胡紫
陽；又交道士吳筠，與之隱於剡中。李白對朋友的態度是輕財仗義，
如他自稱東遊維揚時，不逾一年散金三十餘萬，救濟落魄的公子；又
如蜀中朋友吳指南死了，為他洗淨屍骨，背負到鄂城安葬（見〈上安
州裴長史書〉），這份豪爽作風與道義精神，使李白交到大批朋友。

　　李白寫過信給荊州的韓朝宗、安州的裴長史李長史、安陸的孟少
府等，信中除了恭維對方「重諾好賢」等美德外，是毫不掩飾地將自
己長處披露，不過那些官長似乎未能欣賞，這類的自薦並未有成效。

　　幫助李白踏上仕途的還是朋友，先是道士吳筠薦之於朝，太子賓
客賀知章再加以揄揚推重（見孟棨《本事詩》），玄宗乃刮目相待，見
面時說：「卿是布衣，名為朕知，非素蓄道義，何以得此？」李白的
名，主要來自他詩文之名及隱逸尋道的高士之名。所以這時期的漫遊

交友，對他理想的實踐，有着重要的意義。

（四）供奉翰林（四二～四四歲）

李白不屑科舉但希望一鳴驚人地出現在金鑾殿，這次果然如願以償了。從他〈南陵別兒童入京〉、〈別內赴徵〉諸詩大可看出其心情的興奮，充滿了對前途的憧憬。到長安拜見玄宗，即賜以翰林學士的職位。初，李白在金鑾殿上，確曾風光一時。

> 天寶初，召見於金鑾殿，玄宗明皇帝降輦步迎，如見園、綺。論當世務，草答蕃書，辯如懸河，筆不停綴，玄宗嘉之，以寶牀方丈賜食於前，御手和羹，德音褒美，褐衣恩遇，前無比儔，遂直翰林，專掌密命，將處司言之任，多陪侍從之游。（范傳正〈李公新墓碑〉）

> 帝坐沉香亭子，意有所感，欲得白爲樂章，召入而白已醉。左右以水頮面，稍解，援筆成文，婉麗精切，無留思。帝愛其才，數宴飲，白常侍帝醉，使力士脫靴（宋祁《新唐書文藝列傳》）

在金鑾殿上如此，至於平時的生活，則多醉臥於長安酒肆，與一時之貴人名士往還，《新唐書本傳》說：「白與知章、李適之、汝陽王璡、崔宗之、蘇晉、張旭、焦遂爲飲中八仙人」。杜甫有〈飲中八仙詩〉記此事，說：

> 李白斗酒詩百篇，長安市上酒家眠。天子呼來不上船，自稱臣是酒中仙。

李白得到皇帝及詩友酒友的賞識，天眞地放縱着自己的性格，而不懂提防名利圈裡的妒忌，受到傾軋。

眾人注目，但又因爲親自目睹國家政局實已走下坡而傷感。這三年令他對當時的政治社會有了比較清楚的認識。

（五）離京出遊（四四歲～五四歲）

這十年間，他居住山東任城最久，因爲家一直寄在這兒。他活動的範圍，有任城以南的金陵、會稽、潯陽；也有任城以北的鄴郡、幽

州。

四十四歲離長安後，東返任城。夏天與杜甫相遇於洛陽，同遊梁宋，又結識高適，三人同行，此遊略開解了李白在長安感受的苦悶。（見〈梁園吟〉及〈秋獵孟諸夜歸置酒單父東樓觀妓〉諸詩）

再東行往齊州，得李彥允介紹，請到當日著名的道士高如貴授道籙於紫極宮，正式成為道教徒。並且開始自煉丹藥。（見〈奉餞高尊師如貴道士傳道籙畢歸北海〉及〈草創大還贈柳官迪〉諸詩）

四十五歲，再在魯郡遇杜甫，二人交情益密，後又遇李邕，同遊濟南。秋天，杜甫辭去，自此再無見面機會。

四十六歲，南下會稽，欲會賀知章，誰知他已亡逝。秋，由會稽至金陵，崔宗之亦謫官至此，二人詩酒唱和，白嘗著宮錦袍月夜坐舟中，兩岸觀者如堵，他笑傲自若。

四十九歲時，哥舒翰拔石堡城，擒吐蕃四百人，唐兵死數萬，哥舒翰卻受嘉獎為御史大夫。表現了玄宗對邊事的糊塗與好大喜功，深種禍根。次年，李白有〈答王十二寒夜獨酌有懷〉詩，對朝中諸事大表不滿，諷刺哥舒翰，復傷李邕被李林甫所杖殺。

天寶九年，安祿山封東平郡王，為將帥封王之始，八月入朝，楊國忠兄弟姊妹迎于戲水。

楊國忠薦蜀之土豪鮮于仲通為劍南節度使。天寶十年鮮于仲通討南詔大敗，募兵而無人應詔，楊國忠遣御史分道捕人押送入軍。同年李白有〈古風〉卅四批評此事。

天寶十年，李白五十一歲。訪道人元丹丘的隱居住所，詩中表示有「棲遁之志」。但冬天即離去，北上幽州，欲投效邊疆，建立功名（參見〈贈何七判官昌浩〉詩）。

五十二歲，抵幽州後，見安祿山勢力坐大，叛逆之勢已成，心焦如焚。〈贈江夏韋太守良宰〉一詩回憶此時心情：「……心知不得語，卻欲棲蓬瀛，彎弧懼天狼，挾矢不敢張。攬涕黃金台，呼天哭昭王。……」

五十三歲，感國事危機四重，又無能爲力，故作道家裝束，示出世之心，此時旁人描繪李白：「仙藥滿囊，道書盈篋」（參見孤獨及〈送李白之曹南序〉一詩）。

五十四歲，遇見已數千里遍尋李白不遇的，山人魏顥。盡出示其詩作，囑魏顥幫他編集。之後遊秋浦，與權昭夷在清溪採藥煉丹。但此時的詩苦悶至極：「問我心中事，爲君前致詞：咸陽天下樞，累歲人不足，雖有數斗玉，不如一壺粟……霜驚壯士髮，淚滿逐臣衣，以此不安席，蹉跎身世違。」（〈書懷贈南陵常贊府〉）

在這十年間，李白以在野之身，一面漫遊山林，尋仙煉丹，同時卻是憂憤感懷，不少傳世之作，均在這十年產生。如〈夢遊天姥吟留別〉、〈宣州謝朓樓餞別校書叔雲〉、〈遠別離〉等。這時期的李白長作道士裝扮，煉丹尋仙，某些難被後世知識分子理解的行徑，或許由范傳正〈李公新墓碑〉的闡釋可窺一、二：「……飲酒非嗜其酣樂，取其昏以自富。作詩非事於文律，取其吟以自適。好神仙非慕其輕舉，將不可求之事求之。欲耗壯心，遣餘年也。……」

（六）從永王璘至下獄（五五～五七歲）

天寶十四年十一月，安祿山在范陽起兵反，「所過州縣，望風瓦解，守令或開門出迎，或棄城竄匿，或爲所擒戮，無敢拒之者」（見《通鑑》天寶十四年十一月下），不到兩個月，已長驅南下攻陷洛陽，做了大燕皇帝。翌年六月，安祿山進攻潼關，守將哥舒翰率領的二十萬人全軍覆沒，哥舒翰亦投降。賊兵續進攻長安，玄宗毫不抵抗，帶着楊氏兄妹向四川逃跑。途中馬嵬坡事變，楊國忠與楊貴妃被處死，玄宗繼續奔蜀。

在此動亂歲月中，李白亦自宣城蒼黃南逃。天寶十五年秋天，自餘杭經金陵秋浦至尋陽，隱居廬山屛風叠。

玄宗逃至漢中時，接受房琯建議，以太子李亨爲天下兵馬元帥，十六子李璘領兵南下江陵。

永王李璘南下，重李白之名，聘爲幕僚，李白亦願爲之效命，以爲大可施展長才，平亂復國。（參見〈永王東巡歌〉）

十五年七月，李亨已被軍隊擁立於靈武，是爲肅宗。肅宗忌永王擁兵，命之往四川覲見玄宗，永王不從，肅宗乃調軍採包圍之勢，永王兵敗被殺。

白自十五年多天加入永王幕僚至明年二月永王被殺，前後不過三個月，這次的一展抱負再度成泡影，且隨着永王兵敗而繫獄於尋陽。

（七）流夜郎至赦還（五七～五九歲）

李白陷獄，宗氏夫人爲之奔走營救，宣慰大使崔渙、御史中丞宋若思爲之昭雪。終於，若思得以釋其囚，並欲使之參謀軍事，但朝廷不允許，且定其罪長流夜郎。

五十八歲垂暮之年，李白開始他的流放生涯，溯江而上。

乾元二年，李白五十九歲。三月時，李白才行至巫山，即遇到朝廷因爲冊立太子及天旱而頒行的全國大赦，李白亦在被赦之列，他立即轉沿江東下。計乾元元年秋天流放至二年春遇赦，前後共半年。

（八）病死堂塗（五九～六二歲）

李白遇赦後，心情既興奮又感慨，同時也繫念著國事。沿江而下至江夏，遇故人韋太守良宰，百感交集，寫了一首長詩〈贈江夏韋太守良宰〉，可說是他一生的自傳。

之後，在岳陽遇賈至同遊洞庭，已恢復了樂觀的情緒。

六十至六十一歲，來往於宣城、歷陽二郡間。此時，安祿山史思明均被其義子攻殺，兩京已爲官軍收復，賊勢較弱。五月，李光弼進位太尉，鎮臨淮。李白決計從軍，隨李光弼東征，行至金陵，發病折還。

歲暮，赴當塗，從其族叔李陽冰養病。

代宗寶應元年，六十二歲，病卒當塗，死前以詩稿付李陽冰，囑爲編次。去世時賦〈臨終歌〉一首。

第一章　李白的本質

壹、思　想

　　這裡探討李白的思想，首先要說明李白不是一個思想家，他不是在作品中有系統地向人展示他的思想，他只是一名文學家，在作品裡忠實反映出他對生活的感受，這裡說的思想，便是根據他在生活中的表現種種而歸納出來的。

　　一個人思想的形成，受着時代環境影響、也受着民族歷史文化的影響。一個人能夠在民族中不朽，往往是他的思想（不管是有意識或無意識）能縈根在民族文化的根上，於是，他才有了一種深度，他的行徑乃得到民族的共鳴。

　　李白一生的行徑，表面看來充滿矛盾。他一方面要做宰相、將軍，一方面又要做隱士、神仙；他一時頭腦清醒地看出許多社會弊病、一時又縱酒昏迷，欲忘記一切現實；他一會兒積極地參與社會活動，為人排難解紛、濟困扶危，一會兒卻靜悄悄離開人羣，寧願去獨對一座山終日地相看。這些既入世又出世的行為，將李白圍繞得複雜多姿。扒開一切的紛擾，我們乃看見，指揮着他這些矛盾行徑的，其實是兩種思想在交纏着，這兩個主導思想，一是儒、二是道。

一、儒家思想的表現

> 儒家思想，乃從人類現實生活的正面來對人類負責的思想。他不能逃避向自然，他不能逃避向虛無空寂……而只能硬挺挺的站在人類的現實生活中以擔當人類現實生存發展的命運。（徐復觀〈中國思想史論集〉）

我們看李白的事蹟，會看見他一生最努力去做的事是走入仕途，謀取重用。雖然表面上，李白給我們的印象是放蕩不羈，一生似未做過甚麼正經事，一生都在漫遊裡渡過。但細心體會，會發現李白的心境並未如他表面行徑那樣瀟洒。入長安前的漫遊，他做着兩件事，一是交遊干謁，結識天下朋友，望得有力人士的推薦踏進仕途；二是隱逸山林，尋幽訪道。二事似一進一退，十分矛盾，但據陳貽焮〈唐代某些知識分子隱逸求仙的政治目的〉（《李白研究論文集》）一文研究，隱士與皇帝之間有著微妙的關係，所謂「舉逸人而天下歸心」，徵隱士可以點綴太平。於是，許多知識分子借隱途而走上仕途，「終南捷徑」一詞即出於這種意思。所以，我們看李白與竹溪六逸隱於徂徠山，與道士吳筠隱於剡中，又與元丹邱學道於胡紫陽等等行徑，可能只是博取高名，踏進仕途的一道橋樑而已。其後，他被道士吳筠引薦於玄宗，更證明了這推想乃一項事實。

長安以後的漫遊，我們可從這時期的詩裡看出他心境的複雜。一方面他接受道籙，煉丹食藥求神仙，一方面卻是時刻關懷着國家的政局。他寫〈古風・大車揚飛塵〉諷刺權貴的驕橫；寫〈燕臣昔慟哭〉悲朝廷裡小人當道；寫〈古朗月行〉，憂憤玄宗之耽於女色；寫〈遠別離〉、〈枯魚過河泣〉、〈古風五十三・戰國何紛紛〉，是擔心玄宗的權力旁落；寫〈關山月〉、〈戰城南〉、〈古風十四〉是傷邊境之多事；寫〈書懷贈南陵常贊府〉、〈古風卅四・渡瀘及五月〉直接抨擊楊國忠的雲南政策；寫〈答王十二寒夜獨酌有懷〉既諷刺哥舒翰為了邀功而殘殺外族、復傷心朝中小人的貽害忠良。李白對這一切都看不過眼，但沒有人重視他的話。憂心；悲憤，積鬱着的苦悶，督促他必須尋發

洩的途徑，結果他終日醉酒、醉酒仍不夠，故而鍊丹服藥，沉在虛幻的境界中近求神仙。所以，我們看見他飲酒尋仙，貌似超脫而歡樂，實質這歡樂的外表，正顯示出痛苦的深沉。這番心情，以〈宣州謝朓樓餞別校書叔雲〉一詩表現最是清楚，中有二句：「抽刀斷水水更流，舉杯銷愁愁更愁」，正是此時期生活的寫照。

安史亂起，李白親自目覩了戰爭的災難。他看到「天津流水波赤血，白骨相撐如亂麻」（〈扶風豪士歌〉）、看到「漢甲連胡兵，沙塵暗雲海，草木搖殺氣，星辰無光彩」，忍不住唱歎「白骨成邱山，蒼生竟何罪」（〈贈江夏韋太守良宰〉）。這環境下，他於是加入了永王李璘軍中作幕僚，冀望隨軍鎮守江南。對於此事，李白後來雖然說成被迫（〈贈江夏韋太守良宰〉），但恐怕只是忌諱地掩沒真相。我們看看他作〈永王東巡歌〉十一首，便知道他對於此行的真正看法。

> 三川北虜亂如麻，四海南奔似永嘉。
>
> 但用東山謝安石，爲君談笑靜胡沙。
>
> 二帝巡游俱未回，五陵松柏使人哀，
>
> 諸侯不救河南地，更喜賢王遠道來。（第五首）
>
> 試借君王玉馬鞭，指揮戎虜坐瓊筵；
>
> 南風一掃胡塵靜，西入長安到日邊。（第十一首）

他得不到玄宗重用，對這位王子的聘任顯然是滿懷期望，看詩中喜悅心情，他還不知權力鬥爭的可怕，而禍已將至。這次的爲國效命，結果換來坐獄與流放。

流放遇赦後，李白在垂暮之年，還做了一件事。他要請纓隨李光弼出征東南，「冀申一割之用」（見〈留別金陵崔侍御〉詩），最後因病退還，次年即病逝。看李白一生，由出川至病逝，他都在努力做着一件事：爲國效命。入長安前夕，他以爲達到這理想而興奮（見〈南陵別兒童入京〉詩）；離長安之後，他因爲達不到理想而「痛哭狂歌空度日」（杜甫〈贈李白〉）。大量的詩篇訴說着「懷才不遇」的苦悶，這份苦悶，正來自他對於現世的關懷，欲獻出自己而不得，這亦

是儒家欲「兼善天下」而不得的苦悶。

我們說李白關心社會，欲「使寰區大定，海縣清一」（〈代壽山答孟少府移文書〉）這點精神是儒家的精神，但李白可從不承認自己是儒家，在其詩作中，甚至有嘲笑儒生、反儒家的傾向。

> 魯叟談五經，白髮死章句。問以經濟策，茫如墜烟霧。足著遠遊履，首戴方山巾。緩步從直道，未行先起塵。秦家丞相府，不重褒衣人。君非叔孫通，與我本殊倫。時事且未達，歸耕汶水濱。（〈嘲魯儒〉）

這首詩對儒生確挖苦得厲害，但詩中的儒生，顯然是一名只懂背書、只懂裝扮外貌的腐儒，要他實際去治理國家，卻茫然不知，其實這儒生已失卻儒家的基本精神。

李白鄙視這類人，他覺得與其做「白髮死章句」的所謂儒生，不如去做一名目不識丁的遊俠兒好，遊俠兒雖不會自覺對社會有何貢獻，但他起碼因騎馬練武而身體健康，這便對得住自己，總比腐儒終日在書齋中，脫離實際生活好。〈少年子〉及〈行行且遊獵〉二詩，充份表現這種思想。在〈少年子〉中，更批評了儒家素尊敬的伯夷叔齊的固執是一種迂，看不清天下大局。甚至，李白對於孔子的名字，雖尊之爲聖人，但也不認爲是神聖不可侵犯的。

> 我本楚狂人，鳳歌笑孔丘。（〈廬山謠寄盧侍御虛舟〉）

這類詩句，很顯然是與接輿同一鼻孔出氣。但他明明又做着「一生欲報主，百代期榮親」（〈贈張相鎬詩〉），「東方高臥時起來，欲濟蒼生應未晚」（〈梁園吟〉）的儒家行徑，貌似矛盾。實質上，李白是把握到儒者的進取精神，而將儒者在歷史中因太受重視而造成的不必要的裝飾棄去。例如，我們尊經便應該遵其義理付諸實行，而不是費一生心血去鑽研章句；有才學，應該先用於當世，而不應將才學只浪費於註義疏辭；孔子的眞正價值自有定論，不應該捧成偶像，而將其學說穿鑿附會。李白對於中國歷史上的傳統，他不認爲是包袱無條件要揹起。他要以一種清新的目光去看，經過自己選擇而接受。因此，他笑

時下的那些儒生，自己卻不自覺地做了眞正的儒生，他在儒家身上是去其糟粕存其精神。他歎息「大雅久不作」，很想肩起「王風」、「正聲」的責任，所以他說「我志在刪述」，又說「希聖如有立，絕筆於獲麟」（〈古風第一〉）。這顯然也是接受了民族文化的一種傳統思想，故他很重視「聖人立教」之旨，重「人倫大統」，重「忠」重「孝」，重「仁」重「義」（見〈比干碑〉），這些都是儒家精神，也是李白思想的基本，縱使他的表現趨向於道家，而其基本思想並不爲之動搖。

二、道家思想的表現

　　李白受道家思想的影響很深，同時，還深受道教的影響。自正始以來，玄風流行了三百多年，文學作家，沒有不受其影響。主要是這種思想與藝術最接近，愛無爲、愛自然、愛自由、愛不爲禮法所拘、愛退隱山林不爲塵網所困、愛養生長生而深信神仙之術。加以老莊思想之玄妙，而楊朱思想亦依存於道家思想之中，所以，在阮籍嵇康之後，文人的生活，爲之一變。除了那些士大夫文人，大都放浪形骸之外，以求其性情之眞。李白從小讀奇書，也許就是陰陽家、神仙家所糝雜的道家道教之書。因此，他在行爲上的表現，有以下三方面：

（一）慕隱居、功成身退

　　李白十餘歲的少年時代已有過隱居戴天山的紀錄，在其日後的求仕道途中，總少不了交錯着隱居這一項目，而在他詩文裡流露着退隱、或功成身退的想法者是更多。

> 吾不凝滯於物，與時推移，出則以平交王侯，遁則以俯視巢許。朱紱狎我，綠蘿未歸，恨不得同棲煙林，對坐松月，有所款然，銘契潭名。乘春當來，且抱琴臥花，高枕相待。
> （〈送煙子元演隱仙城山序〉）

這段文字看出他對於仕途的進退是要採取主動，進則攻，退則守。能夠有退守綠林的胸懷，才能在仕進中有平交王侯的氣魄，如此，才不會因爲功名而污滅了自己的人格。

> 有耳莫洗潁川水，有口莫食首陽蕨。含光混世貴無名，何
> 用孤高比雲月。吾觀自古賢達人，功成不退皆殞身。子胥
> 既棄吳江上，屈原終投湘水濱。陸機雄才豈自保，李斯稅
> 駕苦不早。華亭鶴唳詎可聞，上蔡蒼鷹何足道。君不見吳
> 中張翰稱達生，秋風忽憶江東行，且樂生前一杯酒，何須
> 身後千載名。（〈行路難〉其三）
>
> 入門上高堂，列鼎錯珍羞。香風引趙舞，清管隨齊謳。七
> 十紫鴛鴦，雙雙戲庭幽。行樂爭晝夜，自言度千秋。功成
> 身不退，自古多衍尤。黃犬空嘆息，綠珠成釁讎。合如鴟
> 夷子，散髮掉扁舟。（〈古風十八〉）

這兩首詩裡，又可看出李白功成身退的思想，是來自一項實際的客觀
條件，功成而不身退，在歷史裡證實總沒有好結果，總難免殺身之禍。
樹大招風，道家那種處弱守柔的觀念，影響着李白對人生的看法，也
直接影響着他仕途的進退。因此，他最稱慕的五位功業人物：魯仲連、
范蠡、張良、諸葛亮、謝安，這五人都是軍政家，亦同時有過隱居的
記錄。前三人確做到功成身退，後二者雖功未成身不能退，但出仕前
都是隱士，謝安臨死且念念不忘東山之志。李白愛慕這些人，他們有
退隱之心，乃能真正爲人民做一點事，而不是爲纏繞名利而來；有退
隱之心，才能及時地逃脫權力鬥爭的險惡，而保全性命。

（二）對時間的敏感

　　人生世上，對於所追求者，雖可以鍥而不捨地前進，這是意志的
力量，但這個客觀的具象世界，其中卻有股力量，促使事物要生變幻。
人體的出生及死亡、國家之興衰，草木的發芽及枯萎，年代的更換、
春夏秋冬之遞改，滄海桑田，千萬年來的世界永逃不出這變化的法
則。人的意志所堅執的事物，擺到悠悠宇宙間不過瞬刻生息之泡沫，
永不能與自然法則相抗。這份人間最大的遺憾，亦是道家哲學體系裡
最致力要超脫的難題。因此楊朱提倡及時行樂、莊子提出齊萬物與一
死生的思想。李白以文學家的心靈來體味這悲哀，亦不自覺地欲以一

切方法來超脫這悲哀。

> 長繩難繫日，自古共悲辛。黃金高北斗，不惜買陽春。石火無留光，還如世中人。即事已如夢，後來我誰身。(〈擬古〉其三)

> 人非崑山玉，安得長璀錯。身沒期不朽，榮名在麟閣。(〈擬古〉其七)

> 大力運天地，羲和無停鞭。功名不早著，竹帛將何宣。

歲月催人，爲了不甘心生命就此消毀，人人都冀望在有生之年做一點事，冀望在當代社會裡謀一角落可將自己豁出去，使自己能找着安身立命之處所。李白亦這樣想，他功業的願望固然一方面是濟天下，而一方面也是人在時光洪流中要求安頓、要求肯定自己的表現。但是事與願違，離長安之後，他知道「進興亡言，申管晏之謀」不是想像般容易了。這副生就的才具，竟然沒有用，孤單單四無掛搭。這種苦悶，眞是難以言宣。

> 醉來脫寶劍，旅憩高堂眠。中夜忽驚覺，起立明燈前。開軒聊直望，曉雪河冰壯。哀哀歌苦寒，鬱鬱獨惆悵。(〈冬夜醉宿龍門覺起言志〉)

> 烈士擊玉壺，壯心惜暮年。三盃拂劍舞秋月，忽然高詠涕泗漣。(〈玉壺吟〉)

這種苦悶屢於夜深人靜之際忽然湧現，他繼續尋求解決的方法，唯有是盡量把握眼前的快樂，以忘記憂愁；另外，則是求救於道教的神仙之說，希望借鍊丹服藥訪道，而使自己成了神仙，神仙是長生不老，永遠青春美麗的，如此，即可逃離這個可怕的時光運轉。這兩條道路，都不是解決問題的正當方法，而李白仍沉溺其間，遂令得他予人的印象，是更其複雜不可解。他盡量把握眼前的快樂，故李白總好像很豁達開朗，生活過得風光得意，例如在〈春夜宴從弟桃花園序〉中所表現的樣貌：

> 夫天地者，萬物之逆旅；光陰者，百代之過客。而浮生若夢，爲歡幾何。古人秉燭夜遊，良有以也。況陽春召我以

烟景，大塊假我以文章。會桃花之芳園，序天倫之樂事。
羣季俊秀，皆爲惠連。吾人詠歌，獨慚康樂，幽賞未已，
高談轉清。開瓊筵以坐花，飛羽觴而醉月。……

於是，及時行樂成爲李白詩的一個重要項目。

> 平原君安在，科斗生古池。座客三千人，於今知有誰。我
> 輩不作樂，但爲後代悲。(〈邯鄲南亭觀妓〉)

> 人生達命豈暇愁，且飲美酒登高樓。平頭奴子搖大扇，五
> 月不熱疑清秋。玉盤楊梅爲君設，吳鹽如花皎白雪。持鹽
> 把酒但飲之，莫學夷齊事高潔。(〈梁園吟〉)

他不惜千金去換取美酒以求一醉，不惜連夜坐船去訪友以無負美麗的
月色，我們常見他又高歌、又起舞，生活得豐富多姿，但這姿采的另
一面卻是憂鬱的顏色，即如他自己在〈宣州謝朓樓〉詩中表白的，爭
取表面的歡樂以解憂，只是：「抽刀斷水水更流，舉杯銷愁愁更愁」。

醉酒高歌的剎那歡樂並不能解決問題，李白追求神仙，神仙可以
逃脫衰老：

> 悠悠市朝間，玉顏日緇磷。所失重山岳，所得輕埃塵。精
> 魄漸蕪穢，衰老相憑因。我有錦囊訣，可以持君身。當餐
> 黃金藥，去爲紫陽賓。(〈潁陽別元丹邱之淮陽〉)

神仙可以保持本性的眞摯：

> 傾家事金鼎，年貌可長新。所願得此道，終然保清眞。(〈避
> 地司空原言懷〉)

神仙是美麗而來去自如的：

> 清曉騎白鹿，直上天門山。山際逢羽人，方瞳好容顏。捫
> 蘿欲就語，卻掩青雲關。遺我鳥跡書，飄然落巖間。(〈遊太
> 山〉其二)

> 憑崖覽八極，目盡長空閑。偶然值青童，綠髮雙雲鬟。笑
> 我晚學仙，蹉跎凋朱顏。躊躇忽不見，浩蕩難追攀。(〈遊太
> 山〉其三)

特別在離京之後，李白的訪道，遠較入京之前積極。他鍊丹、服藥、

且受道籙正式成爲道教徒，因爲那苦悶必須舒洩，空虛必須得到寄託。李長之在《道教徒的詩人李白及其痛苦》一書中，認爲李白是眞正肯定神仙，是虔誠的道教徒；郭沫若在《李白與杜甫》一書中，認爲李白眞正迷信道教並以其受道籙是「幹下了多麼驚人的一件大蠢事」，二者皆忽視了李白求仙背後的一番心情。其實，李白自己何嘗不清楚仙之不可追求？

> 尚採不死藥，茫然傳心哀……徐市載秦女，樓船幾時回。
>
> 但見三泉下，金棺葬寒灰。（〈古風〉其三）
>
> 日月終銷毀，天地同枯槁。蟪蛄啼青松，安見此樹老。金丹寧誤俗，昧者難精討。（〈擬古〉其八）
>
> 仙人殊恍惚，未若醉中眞。（〈擬古〉其三）

理智上，他知道這條路是徒勞無功，然而李白是一名詩人，感情上的需求使他不得不如此。唯有做神仙，能令他幻覺自己的青春常保，尚有很多機會去際遇風雲；唯有做神仙，能在這可怕的無常幻變裡掙脫掉。但這亦終是幻覺而已，李白要追隨的，種種都未能爲他解決問題，只是騙取他短暫的忘記。由此，外表的麻醉與內心的痛苦，成正比例地與日俱增，這只有杜甫看得最清楚：

> 秋來相顧尚飄蓬，未就丹砂愧葛洪。
>
> 痛哭狂歌空度日，飛揚跋扈爲誰雄？（〈贈李白〉）

（三）法自然

自然是道家一項重要的觀念，它影響着李白的愛好、性情、及文學風格。性情因自然而來的直率、不裝飾虛假，使他永遠得人愛，也令他的政治生命早夭；而文學風格上的自然使他成爲中國一位極偉大的詩人，兩點容後再述。至於生活上的愛好，則因爲愛自然而愛上了山水與月亮。

1. 山　水

李白的愛山水是自少年開始，那時他與東巖子隱於岷山之陽，養得奇禽千計任聽他呼喚，可見他從小就喜歡在大自然裡的無拘無束。

成年後接觸着人事的複雜，仕途的蹇滯，山水對他如一個密室裡的窗，可伸頭呼一呼氣。因此，每在他不開心時便走進山林。

> 且放白鹿青崖間，須行即騎訪名山。安能摧眉折腰事權貴，使我不得開心顏。（〈夢遊天姥吟留別〉）

山水草木間可令他奔騰的情緒平靜，李白內心因理想現實衝突而帶潛在的蠢動不安，最需要平靜。因此，他對於山的依戀超乎其他人。

> 眾鳥高飛盡，孤雲獨去閒。相看兩不厭，只有敬亭山。（〈獨坐敬亭山〉）

> 出門見南山，引領意無限。秀色難爲名，蒼翠日在眼。有時白雲起，天際自舒卷。心中與之然，託興每不淺。何當造幽人，滅迹棲絕巘。（〈望終南山寄紫閣隱者〉）

人的機心不時要彼此傷害，則令他相隨而永不厭倦者唯有山。山只有默默接受，它不會像人般不時咬你一口。這也是自然界的偉大，她容許千千萬萬人將自己的心象投射進去，她包容下你一切變化的情感。是以李白愛山，這引得他寫下了無數充滿個性的山水詩。

2. 月 亮

李白說他小時候對月亮已很多想像。

> 小時不識月，呼作白玉盤。又疑瑤臺鏡，飛在青雲端。仙人垂兩足，桂樹何團團。白兔搗藥成，問言與誰餐。（〈古朗月行〉）

小時候月的印象是直接的，他將月將作盤又當作鏡子。

> 峨眉山月半輪秋，影入平羌江水流。夜發清溪向三峽，思君不見下渝州。（〈峨眉山月歌〉）

這是少年的詩。在家鄉峨眉山看見月色，因而思念老朋友，望與好友一同分享這月的美麗。他於是不惜趁夜坐船經清溪過三峽到渝州訪友。

月的意象，在李白詩裡遠較山水、酒、與劍等物爲多。我們說自然界的山水包容了李白的感情；而月亮，則是安撫了李白的感情。他童年少年不自覺的愛月，到了中年，是自覺的需要月亮的溫柔重慰解

了。

> 我在巴東三峽時，西看明月憶峨眉。月出峨眉照滄海，與
> 人萬里長相隨。黃鶴樓前月華白，此中忽見峨眉客。峨眉
> 山月還送君，風吹西到長安陌。長安大道橫九天，峨眉山
> 月照秦川。黃金師子乘高座，白玉塵尾談重玄。我似浮雲
> 滯吳越，君逢聖主遊丹闕。一振高名滿帝都，歸時還弄峨
> 眉月。（〈峨眉山月歌送蜀僧晏入中京〉）

這時期，他已經歷了許多滄桑，只覺月亮長與他作伴，長以其柔和的光撫慰他。這首詩借僧自蜀中來而憶起故鄉，又借蜀僧將往長安而憶起他昔日的風光。他愛長安，長安是事業紮根處；他也愛故鄉，故鄉令他有溫暖感。而月亮，是由故鄉一直跟隨他，到長安得意過，也四處流浪落拓過。雖則客觀言月亮只是個定在太空裡不言不語無知無感的球體，但自李白的感情看來，月是最能了解他的知己。

儒家思想構成了他對功業的理想，令他關心他的社會、國家、民族的命運，外界的不完善，使他蒙受「終夜四五歎、常為大國憂」的痛苦。道家思想使他對時間感受強烈，令他關心了自己的生命壽夭，因此而欲追求神仙的永恆，挽救要衰頹的青春；也使他愛上自然，既愛自然界裡山水與月亮的永恆與純淨，也愛將個性自然自由地舒展。而這一點，與建功立業過程中種種曲折艱難、讓個性委屈與包容是相衝突的。他為了保持個性，又一度放棄功業的路，說着「安能催眉折腰事權貴，使我不得開心顏」，於是隱逸山林去了。

在正常合理的社會中，一名人材，建功立業的路當較平坦寬濶，李白若適逢其會，他大可功成身退，如此，則是儒與道兩方和諧了的最高理想。但李白處唐玄宗由治轉亂的時代，望施展長才卻為勢不容，他只能退到山林裡保存個性；望為現世社會做事，安身立命而不得，他只能追求神仙以寄望生命的持續。種種的退而求其次，令李白抑鬱。儒家思想指導他前進，前進受挫時，卻得到道家思想醫治了他的創傷。

　　表面上，李白的行徑夾雜着儒道的矛盾，實質裡，李白內心並不因這二家而矛盾，他的難題，只是欲建功業而不得，是理想與現實的衝突，卻不是仕與隱的衝突。仕途進不得，他尚幸有隱途可走，隱正是仕的一個補足，安慰他，令他充份休息，恢復元氣，捲土重來。故此，儒家與道家，可說都給了李白好的方面影響，李白詩中常常表現着振奮人心的精力，亦是他的擅於調養。取儒家而不陷於禮法的拘束，取道家而明悟它不是前進的方向。他以儒家精神作為人生的動力，復用道家的虛靜來不斷滋養這動力，所以，李白得以不息不懈。我們讀其詩，總被那股樂觀積極的情緒鼓舞，總覺得他有太豐沛的生命力，有人甚且因此懷疑他是胡種。但我們以為，他只因擅於結合中國傳統的二大思想精華之故。

貳、性 情

這裡所研討的李白性情，並非敢於說李白是如何如何的人，只是從他生活的形態上嘗試去了解，李白有那些主要的性格，以致導出這類行為。行為經性格指導，也受思想指導。性格屬於個人，思想則來自整個民族。然而，有時因為性格如此，他才會選擇服從某思想體系的某一點；有時亦因為思想體系裡的某特色，而造成了他的性格，二者不能太截然分斷。因此，以下所歸納的，並非絕對而獨一無二，只可說，這些表現較為明顯。

一、眞 摯

在後人心中，李白一直是個親切可愛的形象，人們讀着他發光的詩句，會覺得精神一下子鬆弛了，解放了，像鳥兒般飛出屋外天空去。人們愛他的行徑，不受世俗束縛、自有其完整的生命展現，自有其向上的精神的突出。當他完整的個性迸發時，一切腐朽的東西都被揚棄，而一種新的創造，便燦然產生。其實，這世上的人都希望自己能如此，但世上的人往往不能達到如此。因一般人為了眼前短小的利害而牽掛、而憂慮、而忙碌、而疲勞，因而塵埃封蔽了本性，他的本性只能在偶然的靜夜反省、偶然的夢裡被扯出來，而一生大部份時光卻在繭中自縛，甚或自縛而不明所以。於是，世人喜愛李白，那是不自覺的從李白身上重尋自己埋沒已久的眞性。一些自己想做而不可能做的行徑在李白身上竟是可能。於是，人們津津樂道他的種種故事。同時期的大詩人杜甫卻沒這樣多色彩，杜甫讓人看見世界的眞實、李白叫人看見自己心底裡的眞實，人人願將心中的想像攀寄在他身上，蔚然成彩。

李白將人類靈魂深處渴求之物大無畏地呈現，這便是「眞」境界。眞摯是李白性情的本質，也是令他永遠高貴的原因。但他自己並不知道。他只是特別較常人不安穩，他不停地躍動，對生命有太多的熱愛、

對不合理的事有太多的憤怒和憂鬱。以下，試從生活裡看他性情的表現：

（一）傲視權貴、平交王侯

從政是李白的理想，而真誠是他的天性。他要功名，是認為自己的才具應該得到大用，不必卑屈以求之。一般人以富貴權勢來分人的等級，但李白心眼中有另一把尺度，他可以與村夫、賣酒老頭、洗衣婦有好的交情，但對於誤國的權臣則予以鄙視。別人也許會如此想，但多少不敢公然表白，而李白敢，這就是他的可愛。

在他的政治生涯中，從求仕到出仕，我們總看見他實踐着自己說的，「平交王侯」（代壽山答孟少府移文書）這句話。最有意思者是看他寫給權貴們的那些自薦書，別人的自薦總多少有些謙讓，戰戰兢兢唯恐出言不遜，他卻是口出大言，毫無愧色。茲引舉數條以見其風采：

> 大鵬一日同風起，摶搖直上九萬里。假令風歇時下來，猶能簸卻滄溟水。時人見我恆殊調，見余大言皆冷笑，宣父猶能畏後生，丈夫未可輕年少。（〈上李邕〉）

> ……此則是白之輕財好施也……此則是白存交重義也……此則是白養高忘機不屈之跡也……諸人之文，猶山無烟霞，春無草樹，李白之文，清雄奔放，名章俊語，絡繹間起，光明洞徹，句句動人……願君侯惠以大遇，洞開心顏，終乎前恩，再辱英盼，白必能使精誠動天，長虹貫日，直度易水，不以為寒。若赫然作威，加以大怒，不許門下逐之長途，白即膝行於前，再拜而去，西入秦海，一觀國風，永辭君侯，黃鵠舉矣。何王公大人之門，不可以彈長劍乎。
>
> （〈上安州裴長史書〉）

這些文字中他坦坦蕩蕩地，沒有輕視對方，亦沒有輕視自己，值得提到的有關自己的一切長處毫無保留說出來，內外如一，又有何需羞愧隱藏者？他只是如實的披露。他不如一般涉世深者，會考慮對方會笑他、會妒忌他、或許因之而厭惡他，而讒害他。這曲折的要保衛自己的意圖是他所缺乏的。他只是單純地將自己表現，而未暇顧及別人會

怎樣想。在這自然真摯的胸懷裡，俗世的權勢地位逐一一退落。

因此，我們繼續聽見他到長安後的故事。杜甫說他：

> 李白斗酒詩百篇，長安市上酒家眠。天子呼來不上船，自稱臣是酒中仙。（〈飲中八仙歌〉）

《舊唐書》記載曰：

> 白既嗜酒，日與飲徒醉於酒肆。玄宗度曲，欲造樂府新詞，亟召白，白已臥於酒肆矣。召入，以水灑面，即令秉筆，頃之成十餘章，帝頗嘉之，嘗沉醉殿上，引足令高力士脫靴……

《新唐書》記載曰：

> 召見金鑾殿，論當世事。奏頌一篇，帝賜食，親為調羹。有詔供奉翰林，白猶與飲徒醉於市。帝坐沉香亭子，意有所感，欲得白為樂章。召入而白已醉，左右以水頮面稍解。援筆成文，婉麗精切，無留思，帝愛其才，數宴飲。白常侍帝醉，使高力士脫靴，力士素貴，恥之……

史書上彰彰記載着他在金鑾殿上叫高力士脫靴的事，我們自其時代背景知道高力士在朝廷中的威勢，連太子公主駙馬也忌憚三分的人，一名學士敢於請他在大庭廣眾下脫鞋，這玩笑近乎神話，然而李白是真的做了。使力士脫鞋，李白非要抬高自己身份，他只是要向眾人說明高力士的本來身份是侍者，他不應越職弄權，這是眾人心裡明白的話，但大家不敢說，李白憑一股正直的氣用行動說了。權貴的氣燄，燒怕了許多人，卻燒不怕李白這個真摯的人。這真摯的人被仰慕真摯者所喜愛，也被奸佞者所嫉忌，而耍奸佞者總是握大權，則李白的危機可想見。杜甫在〈不見〉詩裡說他的「佯狂真可哀」，說「世人皆欲殺」，頗可以透出當時李白身邊圍繞着的惡劣氣息。當然李白也深深感覺到，所以三年不到便離開這曾經是夢寐以求之地。但他並不怨嗟痛苦，只是偶爾一吐為快，從這點來說，他比古今一般詩人，確是高出一等。他云：

> 一生傲岸苦不諧，恩疏媒勞志多乖。（〈答王十二寒夜獨酌有懷〉）

這是從性格中暗測得自己的命運了，還有甚麼可怨嗟呢？他仍要堅持這性格說：

> 安能催眉折腰事權貴，使我不得開心顏。(〈夢遊天姥吟留別〉)

（二）感情生活

李白的感情生活，我們從三方面來看：

1. 友　情

李白詩大部份與朋友有關，其交友範圍廣濶，上至皇帝公主駙馬、朝中大臣、將軍、地方官吏、海內詩人名士，下至歌妓、賣酒老頭兒、草野村夫、街頭遊俠兒等，他是時刻生活在人羣中。他對好朋友有一特點，就是非常直率。且看以下的詩句。

> 與君論心握君手，榮辱於余亦何有。孔聖猶聞傷鳳麟，董龍更是何雞狗。一生傲岸苦不諧，恩疎媒勞志多乖。(〈答王十二寒夜獨酌有懷〉)

這首詩全篇訴盡了自己的心事及不平氣，所引首二句是李白的交友態度。他交朋友確是不計得失，有錢時可以一年間散三十萬金去接濟人。身外的財物散了就算，他只渴望得到心事相通的人，一旦尋得了，他真是不亦樂乎。

> 海內賢豪青雲客，就中與君心莫逆。迴山轉海不作難，傾情倒意無所惜。(〈憶舊遊寄譙郡元參軍〉)

心事相通了，世俗的禮法便可脫去，所以，我們會看見他有時會這副樣子：

> 兩人對酌山花開，一杯一杯復一杯。我醉欲眠卿且去，明朝有意抱琴來。(〈山中與幽人對酌〉)

由於與人相交首重真實的感情，所以他的朋友範圍有上下四方那樣寬廣，而無貴賤之別。故有〈贈汪倫〉、〈哭宣城善釀紀叟〉等情深義達的詩，有時，一名小卒吏送他魚吃，他也會因這樸素的情意高興得忘形：

> 魯酒若琥珀，汶魚紫錦鱗。山東豪吏有俊氣，手攜此物贈

遠人。意氣相傾兩相顧，斗酒雙魚表情素。雙鰓呀呷鰭鬣
張，跋刺銀盤欲飛去。呼兒拂机霜刃揮；紅肥花落白雪霏，
爲君下筯一餐飽，醉著金鞍上馬歸。(〈酬中都小吏攜斗酒雙魚
于逆旅見贈〉)

由於他與人相交是這樣以心相照，故在他身上，會有千里追踪求取一
見的故事。例如魏顥，慕李白之名，近踪着他的足跡冀求相晤，自開
封到山東，又由山東下江蘇浙江，吳越、直到廣陵才找着。迢迢三千
里的渴望，若非感到彼此身上將有心靈相通的喜悅，焉能至此？相見
後，李白也很高興，就將平生精血結晶的詩文全交附他，讓他編集，
初相見便如此爽快、信賴，只有赤誠相遇者始能有。李白自己，亦曾
爲一晤而遠道訪友。如前面提過的，看見峨眉山月而夜發清溪；又如
月夜飲酒後，要連夜訪崔成甫共樂，此事李白敘述得甚爲精采。

昨翫西城月，青天垂玉鈎。朝沽金陵酒，歌吹孫楚樓。忽
憶繡衣人，乘船往石頭。草裏烏紗巾，倒披紫綺裘，兩岸
拍手笑，疑是王子猷。酒客十數公，崩騰醉中流。譴浪掉
海客，喧呼傲陽侯。半道逢吳姬，卷簾出揶揄。我憶君到
此，不知狂與羞。月下一見君，三杯便迴橈。捨舟共連袂，
行上南渡橋。興發歌綠水，秦客爲之搖。雞鳴復相招，清
宴逸雲宵。贈我數百字，百字凌風颷。繫之衣裳上，相憶
每長謠。(〈翫月金陵城西孫楚酒樓〉)

「我憶君到此，不知狂與羞」，只有李白能如此，他任憑性情所
至而往，其餘都是其次，詩中的烏紗巾、紫綺裘，本是寶貴之物，他
卻用來划船穿戴。人家在岸上拍手笑，半笑他可愛半笑他傻，他全不
爲意；碰見女孩，便來調笑幾句，亦不覺不好意思。他坐在船中，一
路穿越美好的風光，遠訪崔成甫，不爲名、不爲利，只爲了一種欲與
好友共樂的興緻。

李白渴望與人感通，一種無所爲而爲的，不帶機心的，純乎性情
的交往。是以他可以爲朋友散金；可以將最寶貴之物交託予朋友；可
在朋友跟前盡棄俗禮，完全暴露自己，可以「不知狂與羞」，他如此

將自己交出去，亦希望對方如此回應。但世間像他的人太少，他愈是
眞率，愈易感覺到人心的險惡。

> 承恩初入銀臺門，著書獨在金鑾殿。龍駒雕鐙白玉鞍，象
> 牀綺席黃金盤。當時笑我微賤者，卻來請謁爲交歡。一朝
> 謝病游江海，疇昔相知幾人在。前門長揖後門關，今日結
> 交明日改。(〈贈從弟南平太守之遙〉)

> 他人方寸間，山海幾千重。輕言託朋友，對面九疑峯。多
> 花必早落，桃李不知松。管鮑久已死，何人繼其蹤 (〈箜篌
> 謠〉)

雖然朋友中有令他失望的，但綜觀李白一生，還是受朋友益處者多，
例如引薦他上金鑾殿的是朋友，在亂難中幫助他妻兒脫臉的也是朋
友。一生到處漫遊，到處接待他的還是朋友。朋友這樣多，看主要還
是來自他對人的眞摯。

2. 親　情

李白詩裡提到家人的很少，前後不過十餘首，尤其是關於父母
的，就只有〈秋於敬亭送從姪耑遊廬山序〉之中幾句話：「余少時，
大人令誦子虛賦，私心慕之」，知道他父親從小教讀書而已。少提父
母的原因，是因爲那部份的詩散失了？還是因要隱瞞家世，我們不得
而知，這問題只能存疑不論。

提到兒女的詩有四首，每一首都流露了他的慈愛。例如〈南陵別
兒童入京〉一詩，寫他得到入長安的消息後之心情，詩中有「呼童烹
雞酌白酒，兒女嘻笑牽人衣」之句，見出他與子女間無隔閡，他並不
是一個嚴肅的父親，他甚至是天眞的，且會因爲可以入京高興得「仰
天大笑出門去」，認爲自己很不錯，這表現倒像孩童。

另一首爲〈寄東魯二稚子〉，此詩尤爲動人，他想起東魯的家，
不禁「南風吹歸心，飛墮酒樓前」。接着想到自己昔日親手種的樹，
該很高了，他的男孩與女孩，當長得齊肩並行樹下想念他吧？

> 嬌女字平陽，折花倚桃邊。折花不見我，淚下如流泉。小

　　　兒名伯禽，與姐亦齊肩，雙行桃樹下，撫背復誰憐？念此
　　　失次第，肝腸日憂煎

這些句子，是白描句，將心中想的自然吐出。一些腐儒要將家庭裡的
父親地位提高至尊嚴，不苟言笑，初還以為中國人是如此有規矩而含
蓄，但李白這些詩，才真正表露了儒家父「慈」的精神。

　　〈送蕭三十一之魯中兼問稚子伯禽〉一詩中亦如此慈愛：
　　　我家寄在沙邱旁，三月不歸空斷腸。君行既識伯禽子，應
　　　駕小車騎白羊。

安史動盪中，李白家眷陷魯未能出，其門生武諤冒險以救，他特別感
激，寫了首〈贈武十七諤〉幷序中云：「余愛子伯禽在魯，許將冒胡
兵以致之」，詩中又云：「愛子隔東魯，空悲斷腸猿。林回棄白璧，千
里阻同奔」，對親生骨肉，一般人會謙稱「小兒」、「賤子」，不敢直露
愛意，要板着口臉，唯恐人笑他寵壞了，但李白不然，竟在文中直呼
「愛子」云云，但人只覺其真，想到許多習慣上的自謙其實是扭曲了
性情的。

　　據魏顥《李翰林集序》說，李白凡四娶，廿七歲在安陸娶故宰相
許圉師孫女，生一女、一男，曰明月奴；女出嫁後許氏夫人卒。遂娶
劉氏，劉訣。再娶魯一婦人，生子曰頗黎。最後娶宗氏，宗氏之父宗
楚客，三度為相。李白現存的十二首提及妻子的詩裡，其中有八首當
是為宗氏作。〔註1〕宗氏隨他晚年東奔西走，為他的入獄而向各方求
情，可算患難夫妻，故李白詩中亦寓滿感激之情，例如〈秋浦感主人
歸燕寄內〉云：

　　「我不及此鳥，遠行歲已淹。寄書道中嘆，淚下不能緘」又如〈在
尋陽非所寄內〉詩裡云：

　　　聞難知痛哭，行啼入府中。多君同蔡琰，流淚請曹公

這類詩寫的雖然不多，可能因李白到處漫遊，在家日子少，且是個爽

〔註1〕十二首詩為〈別內赴徵〉三首、〈贈內〉、〈秋浦寄內〉、〈自代內贈〉、
　　　〈秋浦感主人歸燕寄內〉、〈送內尋廬山女道士李騰空〉二首、

快人，不滯於情的原故。但每首有妻子兒女的詩，卻總屬好詩，充滿
真摯的情感。

3. 對異性之情

　　李白有很多描寫女子的詩，神韻極佳，故王安石要擺起面孔罵他
「其識污下，十句九句言婦人酒耳」（《捫虱新話》）李白的婦女詩別
具一格，其女子形象有勇武如〈秦女休行〉會殺人者、也有如〈長干
行〉的溫柔嬌怯。而無論勇武與溫柔，她們對愛情都堅貞而剛烈，如
〈北風行〉、〈陌上桑〉、〈白頭吟〉、〈東海有棄婦〉、〈春思〉、〈擣衣篇〉
中的角色。這些女性的特點是多情，多情又不流於軟弱，有敢愛敢恨
的氣魄，因此，她們的愛情故事是爽快的、明朗的。例如〈楊叛兒〉
中的一對：

> 君歌楊叛兒，妾勸新豐酒。何許最關人，烏啼白門柳。烏
> 啼隱楊花，君醉留妾家。博山爐中沉香火，雙煙一氣凌紫
> 霞。（〈楊叛兒〉）

李白眼底的女性是既剛且柔，因而他寫某些情詩時，那態度是大膽直
率的。

> 美人在時花滿堂，美人去後餘空牀。牀中繡被卷不寢，至
> 今三載聞餘香。香亦竟不滅，人亦竟不來，相思黃葉落，
> 露白濕青苔。（〈寄遠〉其十一）

> 蹙入青綺門，當歌共啣杯。啣杯映歌扇，似月雲中見，相
> 見不得親，不如不相見。（〈相逢行〉）

> 妾在舂陵東，君居漢江島。百里望花光，往來成白道。一
> 為雲雨情，此地生秋草。秋草秋蛾飛，相思愁落暉。何由
> 一相見，滅燭解羅衣。（〈寄遠〉其七）

> 秋風清，秋月明。落葉聚還散，寒鴉棲復驚。相思相見知
> 何日，此時此夜難為情。（〈三五七言〉）

詩中直率得連慾望也不必忌諱，難怪王安石要罵他。但這類「慾感」
的詩也不是每首皆然，抒發女子情致深婉者如〈荊州歌〉、〈古意〉、〈怨

情〉、〈橫江詞〉、〈春怨〉、〈長干行〉等，比比皆是，則李白亦不單是慾望而已。慾是人性一部份，李白的坦白，乃能將人性完整健康地呈顯。

二、豪　放

> 李白斗酒詩百篇，長安市上酒家眠。天子呼來不上船，自
> 稱臣是酒中仙。（杜甫〈飲中八仙歌〉）

李白個性的表現，以在長安的幾年生活最爲矚目，因爲這時自我的性格抒發，遇到外來強大壓力，如皇帝、如權臣，他們都可以有種威勢去指揮他。性情的眞摯要向外發，此時便需要一份氣魄，足以匹敵皇帝權臣的氣勢，我們看到他在金鑾殿上叫力士脫靴，在長安市上拒絕天子的召喚，這類被後人津津樂道的舉動，除了看到他的眞性情，另方面也是看見他敢於行動的氣魄。

他敢於去表現自己的眞情，對於外間的壓力，他敢於不理會，這種性格我們稱之爲「豪放」。能夠「豪」，所以他勇於行動，愛好力的表現，例如學劍、例如仗義疏財。能夠「放」，所以他可以排開憂煩，爭取機會去捕捉快樂，例如飲酒、例如懂得笑的意義。以下，就他生活裡的一些表現，試理解其「豪放」：

（一）劍與俠

自李白生平中知道他十五歲便學劍（〈與韓荊州書〉），離開家鄉漫遊天下也身帶一把劍（〈上安州裴長史書〉），後來更特別跑到山東拜師學劍（〈五月東魯行答汶上翁〉），見出他對於劍術，除一種少年豪興外，還有一份認眞學習的態度。詩中提到劍者很多，例如寫到握劍舞劍的丰姿：

> 是時霜飈寒，逸興臨華池。起舞拂長劍，四坐皆揚眉。（〈酬崔五郎中〉）
>
> 事了拂衣去，深藏身與名，閒過信陵飲，脫劍膝前橫……
> （〈俠客行〉）

> 羌笛橫吹阿䚢迴，向月樓中吹落梅，將軍自起舞長劍，壯
> 士呼聲動九垓。（〈司馬將軍歌〉）

李白看劍姿，是如此威武又瀟灑，這寫的是一份美感，而某些詩句中的劍，則是李白雄心壯志的表現：

> 撫劍夜吟嘯，雄心日千里。誓欲斬鯨鯢，澄清洛陽水。（〈上
> 張相鎬〉詩）
> 卷身蓬編下，冥機四十年。寧知草間人，腰下有龍泉。浮
> 雲在一決，誓欲清幽燕。（〈在水軍宴贈幕府諸侍御〉）
> 願將腰下劍，直為斬樓蘭。（〈塞下曲〉）
> 羞作濟南生，九十誦古文。不然拂劍起，沙漠收奇勳。（〈贈
> 何七判官昌浩〉）

李白似乎希望通過手中的劍，去建功立業，解決國家的危難。由這些詩句中見出，李白功業的去向，不單是「進興亡言」的文職，且是能發揮殺敵靖亂的武職。他念念不忘其祖先李廣將軍（見〈贈張相鎬〉詩），他時時懷念魯仲連、范蠡、張良、諸葛亮、謝安，這些人，既是政治家又是軍事家。通過劍，看出了李白的尚武精神和干霄的豪氣。他後來歡喜地加入永王軍中做幕僚、暮年扶病也要隨李光弼征東南，都是這點豪氣精神的表現。

這豪氣落到功業的路上，可以做名「功略蓋天地」的將軍，若落到老百姓的圈子裏，便成為「英雄」「豪俠」。李白做將軍苦無際遇，但在日常生活中，他儘可以成一位俠士。魏顥就說過他「少任俠，手刃數人」。俠士最講究義氣，所以他有一年間「散金三十餘萬，以救濟落魄公子」，又為友人吳指南歸葬等故事；俠士重情義而輕財，所以他有「五花馬，千金裘，呼兒將出喚美酒」（〈將進酒〉）、又有「黃金逐手快意盡，昨日破產今朝貧」（〈醉後贈從甥高鎮〉）的豪情；俠士重情義甚至性命亦不惜，所以他有〈俠客行〉、〈結襪子〉、〈結客少年場行〉、〈白馬篇〉、〈君馬黃〉、〈少年行〉等詩，歌頌他們的重諾守信，為報知遇之恩而賣命。世人緊緊保守着的金錢與性命，在俠士眼

中，可以爲道義而捨棄，可以爲眞情的湧現而捨棄，這都是豪放的表現。李白歌頌這些人，他自己生活裡，也處處有這些人的行徑。

（二）酒

文人嗜酒，自魏晉以來已成一種風尚，例如劉伶寫酒德頌、阮籍可以大醉四十日、陶潛爲釀酒而出就彭澤令。他們愛酒，皆因要從酒世界中脫離現實，脫離那衰亂又無力挽救的現實帶來的痛苦。酒並不能眞正解憂，因爲酒不能解決現實問題，這道理人人皆知，但人人又因感情之難平而不得不向酒中求救。李白即秉承這類人的生活傳統，因爲他的心境，也同時有劉伶、阮籍、陶潛等人的鬱悶。而他不願做個愁眉的人，他要求生活的快意。酒的麻醉力，正可以推開現實的紛擾，給予他眞性情的舒暢。即如〈月下獨酌〉其三所云：

> 醉後失天地，兀然就孤枕。不知有吾身，此樂最爲甚

酒如一塊大幕，撤下來將種種憂煩掩蓋。李白可借酒而推開的憂煩，首先是時光的無情催迫。

> 人生達命豈暇愁，且飲美酒登高樓。平頭奴子搖大扇，五月不熱疑清秋。玉盤楊梅爲君設，吳鹽如花皎白雪，持鹽把酒但飲之，莫學夷齊事高潔。昔人豪貴信陵君，今人耕種信陵墳，荒城虛照碧山月，古木盡入蒼梧雲。梁王宮闕今安在，枚馬先歸不相待。舞影歌聲散綠地，空餘汴水東流海。（〈梁園吟〉）

> 君不見黃河之水天上來，奔流到海不復回。君不見高堂明鏡悲白髮，朝如青絲暮成雪。人生得意須盡歡，莫使金罇空對月……烹羊宰牛且爲樂，會須一飲三百杯……？鐘鼓饌玉不足貴，但願長醉不用醒。（〈將進酒〉）

酒令人忘記時間，青春乃長駐。此外，酒也可令人忘記人與人身份的差別，酒後可以傲岸王侯，性情由是可以自然抒發了。

> 昔在長安醉花柳，五侯七貴同杯酒。氣岸遙凌豪士前，風流豈落他人後。

> 憶昔洛陽董糟邱，爲余天津橋南造酒樓。黃金白璧買歌笑，

一醉累月輕王侯。(〈憶舊遊寄譙郡元參軍〉)

人類的缺憾，社會之不平，一切可在酒中消解，因此，李白醉酒後是最快樂的時刻，他凡提到飲酒或醉酒後寫的詩，都特別有一番風采。

漢中太守醉起舞，手持錦袍覆我身，我醉橫眠枕其股。(〈憶舊遊寄譙郡元參軍〉)

願掃鸚鵡洲，與君醉百場。嘯起白雲飛七澤，歌吟淥水動三湘。莫惜連船沽美酒，千金一擲買春芳。(〈自漢陽病酒歸寄王明府〉)

我歌白雲倚窗牖，爾聞其聲但揮手。長風吹月渡海來，遙勸仙人一杯酒。酒中樂酣宵向分，舉觴酹堯堯可聞，何不令皋繇擁篲橫八極，直上青天掃浮雲。(〈魯郡堯祠送竇明府薄華還西京〉)

這些詩表現了他不隨俗禮、不惜千金；在酒中他可以與雲朵、與仙人，與歷史中的人物相親相見、天地古今都扯在一起，騁其壯心豪情。即如他在〈答王十二寒夜獨酌有懷〉中說的：「人生飄忽百年內，且須酣暢萬古情」，也對岑夫子丹丘生說的：「與爾同銷萬古愁」(〈將進酒〉)。

（三）笑

笑是李白一項極重要的神采，減掉此點，李白不能成李白。詩中固然多不自覺的笑聲，就是自覺的時候也有，例如他欽羨的人物謝安與魯仲連，均是善談笑的人物。

魯連善談笑，季布折公卿。(〈獻從叔當塗宰陽冰〉)

但用東山謝安石，為君談笑靜胡沙。(〈永王東巡歌〉)

笑，表現一種充裕的才情，處事絕不緊張，從容而行。笑在平日，是開朗歡愉，習慣了笑，對於逆境，也會一笑置之。有自信的人才懂得笑，能達觀的人才懂得笑，對於流俗輩的排擠可以冷笑，對於無可奈何的困境可以一笑推開，使困境始終與自己保持那麼一段距離，使自己永遠有那麼一個空間仍可舒服地呼吸，李白正是深于此道，笑是他的特質，笑是他解憂洩憤的一把寶劍。以下，看看他笑時的風貌：

落日欲沒峴山西，倒着接䍦花下迷。襄陽小兒齊拍手，攔街爭唱白銅鞮。傍人借問笑何事，笑殺山公醉似泥。（〈襄陽歌〉）

五陵年少金市東，銀鞍白馬度春風。落花踏盡遊何處，笑入胡姬酒肆中。（〈少年行〉）

堂中各有三千士，明日報恩知是誰。撫長劍，一揚眉，清水白石何離離。脫君帽，向君笑，飲君酒，爲君吟，張良未逐赤松去，橋邊黃石知我心。（〈扶風豪士歌〉）

我們看見他飲醉時笑、準備飲酒時笑，對着知己剖心時笑。他笑的時候，往往是行動的時候，如下列詩：

馬如一匹練，明日過吳門。乃是要離客，西來欲報恩。笑開燕匕首，拂拭竟無言。（〈贈武十七諤〉）

會稽愚婦輕買臣，余亦辭家西入秦。仰天大笑出門去，我輩豈是蓬蒿人。（〈南陵別兒童入京〉）

幽州胡馬客，綠眼虎皮冠。笑拂兩隻箭，萬人不可干。（〈幽州胡馬客歌〉）

而更多時候，他的笑向不稱心的事而發，成了一種自我慰解，也成了李白特有的豪爽風格。例如寫閨怨詩，人人都安排詩中女子的可憐，李白的怨詩卻說：

白馬金羈遼海東，羅帷繡被臥春風。落月低軒窺燭盡，飛花入戶笑牀空。（〈春怨〉）

他安排的閨怨空牀，沒有淚痕，只是一片花飛進來，瀟瀟洒洒地笑一笑而已。李白對於自己的事亦如此看，他不暢快時更特別愛笑。

一身自瀟洒，萬物何囂諠。拙薄謝明時，棲閒歸故園。……一笑復一歌，不知夕景昏。（〈答從弟幼成過西園見贈〉）

送客謝亭北，逢君縱酒還。屈盤戲白馬，大笑上青山。迴鞭指長安，西日落秦關。帝鄉三千里，杳在碧雲間。（〈登敬亭北二小山〉）

君不見綠珠潭水流東海，綠珠紅粉沉光彩。綠珠樓下花滿

> 園，今日曾無一枝在。昨夜秋聲闐闐來，洞庭木落使人哀，
> 遂將三五少年輩，登高遠望形神開。生前一笑輕九鼎，魏
> 武何悲銅雀臺。(〈魯郡堯祠送竇明府還西京〉)

這三首詩均是剛離長安的作品，功業的失望，歲月之催人，他要對這些愁緒笑，他一方面因肯定人生而為此痛苦，一方面又受着道家思想之影響，他要在執着的事物中超脫出來。笑聲裡，他輕視了外界事物，重新將自己被壓抑的性格放出。笑聲也很像一個空間，將他與不如意的事與不稱心的人相隔，他在笑聲圍繞下保衛了自己，他更作有〈笑歌行〉一詩，典型地表達出這意思：

> 笑矣乎，笑矣乎。君不見曲如鈎，古人知爾封公侯。君不見直如絃，古人知爾死道邊。張儀所以只掉三寸舌，蘇秦所以不墾二頃田。笑矣乎，笑矣乎。君不見滄浪老人歌一曲，還道滄浪濯吾足。平生不解謀此身，虛作離騷遣人讀。笑矣乎，笑矣乎。趙有豫讓慧屈平，賣身買得千年名，巢由洗耳有何益，夷齊餓死終無成。君愛身後名，我愛眼前酒，飲酒眼前樂，虛名何處有。男兒窮通當有時，曲腰向君君不知。猛虎不看機上肉，洪爐不鑄囊中錐。笑矣乎，笑矣乎。甯武子，朱買臣，叩角行歌背負薪，今日逢君君不識，豈得不如伴狂人。

《文心雕龍‧體性篇》云：

> 才有庸儁，氣有剛柔，學有淺深，習有雅鄭；並情性所鑠，陶染所凝；是以筆區雲譎，文苑波詭者矣。

又云：

> 吐納英華，莫非情性

文學雖是才氣的表現，但才氣所表現的內容是作者的性情，而這性情，又不能是原始的，而是經過後天學與習的熏陶，修養過的性情。所以劉彥和將才、氣、學、習，作為情性表現出來的輔導者。徐復觀先生對此段文學如此解釋：

> 因原始的情性，只含有藝術的可能性；欲將此種可能性加

以實現，則原始之情性，必經過學與習之塑造，給與才與
氣以內容，於是僅有可能性、衝動力之情性，因學與習而
加入一種構造能力到裡面去，而始成爲有實現性的創造的
衝動。所以劉彥和全書皆強調情性爲文學之根源；但他所
說的情性，必須是經過塑造的情性；因此，一說到情性，
便常說到學與習。

這學習的內容，徐氏再說明：

學是風骨篇所說的『鎔鑄經典之範，翔集子史之術』，習是
所謂『摹體以定習』的習。（二引文均見《中國文學論集》）

李白的性情，我們自其生活表現裡，歸納得眞摯豪放兩大特色，
這兩大特色，是直接的影響到他作品裡的風格。眞摯，故作品中看到
自然與清新氣息；豪放，故作品中看見境界的壯潤及氣勢之磅礴，這
是下一部份要論述的。而其性情之所以有如此表現，我們得肯定，這
與學習（無論書本或社會經驗）有密切關係。自上節說他少年所讀過
的書單裡，有自詩經楚辭及漢魏六朝名家的作品，這可予他充份的文
體摹習；另又有儒家經典、道家奇書及各朝歷史供給他豐富的知識，
與乎思想上之啓發。因此，這節論述的性情各項，其實許多是受着思
想牽連的。例如他表現了自己的愛憎而在金鑾殿上請力士脫靴，這份
眞摯是道家的自然本色，而眞摯地分辨是非，則近乎孟子所言之四端
了；又例如他嗜酒，這份要超脫塵世煩惱的胸襟是道家的出世本色，
但引起他痛苦而不得不求超脫者，卻是儒家的濟世拯物精神。因此，
他性情之表現，又可說是儒與道思想結合了的表現。

文學感人者因爲作者的情性，故分析李白的藝術奧秘時必須關此
性情一章。但是，凡人皆各有其性情，爲何李白性能造就藝術，別
人卻不能？故此，特舉出《文心》〈體性篇〉中一段，以說明之。李
白能夠造就出輝煌的藝術，一方面因爲他的學與習，另方面則因爲他
的才與氣。學與習是隨着性情偏好而向外吸收，最後豐了性情；才
與氣是將性情之蘊蓄向外表現，最後使性情結成了美麗的藝術之果。
我們下一節即專言其藝術之果的樣貌。

第二章　李白作品的藝術

　　上文曾說，作家的藝術成就，除才氣、性情的關係外，學與習是一個很重要的環節。李白自經史子書中開展了他的思想，而自多朝文集裡豐富了他的文學修養。首先，我們發現，影響他最大的是漢魏六朝的樂府民歌。他詩歌總共有廿五卷，其中「樂府詩」卻佔了四卷，每一首均能取原來的故事，而加上自己寄託的新意。《樂府詩》活潑廣潤的內容、口語化、自然明朗的民歌味道，使李白卅五卷詩作都沾上這層色彩。

　　除了向民歌學習，他也向歷代的重要詩人學習，首先是屈原。在屈原篇章裡，那些因鬱勃感情而塑造出的神仙、美人、香草的美好世界，那份浪漫恣肆的想像，處處在李白作品中呈現；他七言歌行裡短句的一字三字、長句的九字十字，這種變化多端的句式，亦與屈賦語言相近，故殷璠譽之為「奇之又奇，自騷人以還，鮮有此體調」(《河岳英靈集》)

　　屈原以外，影響他的是建安文學。他在。〈古風〉第一首云：「自從建安來，綺麗不足珍」；他在稱讚人時會說：「蓬萊文章建安骨」，顯然，建安文學的堅實內容與語言的不造作予他很大的啟示。建安作品中，曹植為建安之雄，曹植嗜酒的生活與才能不得施展的苦悶，正

與李白相共鳴。故李白有不少詩篇內容與曹植相近。〔註1〕

　　其次，是魏晉之際的阮籍，亦對李白有重大影響（嵇康的影響力尚少）。阮是深於老莊的，嗜酒、善爲音律、不爲禮法所羈，有〈詠懷〉詩八十二首，憂時愍亂，又多隱避，但刺譏之志甚明，故爲後世所重。

　　接着，西晉初期的左思，對李白也有影響。左思最著名者是〈詠史〉詩八首，內容有歌頌俠義的政治家魯仲連、有抨擊權貴的阻塞言路，有對於功名利祿的耿介態度，這些內容，與李白的某些詩篇（特別是〈古風〉）甚爲相近。

　　再來，是東晉最後一位大詩人陶潛。陶的性情、思想、言行、生活及其恬淡自然感人動人的詩文風格，可以說在李白詩文中若隱若顯的時常流露出來。

　　影響李白更大的是南朝時代的鮑照、謝靈運、謝朓、庾信等人，尤其是鮑照，他的七言樂府歌行，直接影響著李白的風格。他們二人的作品，在結構上都有着縱橫變幻的特色，語言都有強烈的抒情色彩。南齊書文學傳說鮑照詩「發唱驚挺，操調險急，雕藻淫艷，傾炫心魂」，敖陶孫詩評說他「如飢鷹獨出，奇矯無前」，這些評語，用在李白身上亦恰當。

　　在分類體裁中，李白的七言歌行受鮑照影響，其〈古風〉五十九首則顯然受着阮籍〈咏懷〉、左思〈咏史〉與初唐陳子昂〈感遇〉詩的影響，胡震亨在《李詩通》裡說三組詩均有着「抒發性靈，寄託規諷」的特色。而李白的寫景詩則脫胎自謝靈運與謝朓，他們對自然界都能夠精細的觀察，揣摹和刻劃，特別是一些寫景的絕句，更見出謝朓的影響。

　　以上，概括說了李白向前代文學摹體學習之處，然而，李白又自己別具一種風格。風格是多方面配合結成的一種果實。但最主要的還是憑仗着他的才氣。故古今詩人評論李白，有的稱爲天才、爲仙才、

〔註1〕曹植有〈白馬篇〉李白亦效之而內容相近；曹植〈雜詩〉與李白〈古風〉四九、曹植〈美女篇〉與李白〈古風〉廿七，均面目相似。

為奇才、為高才、為天仙之詞，皮日休稱李白：

> 言出天地外，思出鬼神表，讀之則神馳八極，測之則心懷
> 四溟，磊磊落落，真非世間語者。

此與楊雄讚司馬長卿賦「非自人間來，其神化之所至耶」同一確評。

李白亦稱其從弟：

> 嘗醉目吾曰：兄心肝五臟，皆錦繡耶，不然，何開口成文，
> 揮翰霧散。吾因撫掌大笑，揚眉當之。(〈送從弟京兆參軍令問
> 之淮南觀省序〉)

這種天真的自白，絕不虛妄。所以李白能獨立於千古詩壇之上，也就
是憑其詩才而能自創一格。以下，將李白詩風格的特質，嘗試分析，
加以說明。

壹、組成風格之各項因素

一、想　像

　　想像是一個重要的藝術項目。有的文學論者認為：思想與情感必須通過想像才能成為文學內容；更有的，簡直認為想像即表現，即內容，亦即形式，除想像以外沒有美和藝術（見涂公遂先生《文學概論》第 89 頁），而李白，則是運用這項藝術的最佳能手。他無論何時何地，都可開闢一片新天地，給所描繪者一個生動鮮明的形象，形象裡，又包含着他的思想與性情。他運用想像，用得比其他詩人多，也比其他詩人妙，這已成為他藝術的一大特色。即如前人評論：

> 李白詩……造出奇怪，驚動心目，忽然撒出，妙入無聲。
> 其詩家之仙者乎。（陳繹曾《詩譜》）

> 李謫仙，詩中龍也，矯矯焉不受約束。（《藝圃折中》）

> 凡是李白最成功的作品……統統有一個共同點，這就是往往上下千古，令人讀了，把精神擴張到極處，我們那時的精神乃是像一匹快馬一樣，一會馳騁到西，一會馳騁到東，為李白的精神所引導着，每每躍躍欲試地要衝圍而出了。
> （《道教徒詩人李白及其痛苦》p.71）

自古至今的評論家，都會發現，李白想像力之豐富，而又為讀者所嘆服的程度，是古今詩人再不能有匹敵者。

　　細細吟咏李白這類「不受約束」的詩句，及發現他的想像方式有兩種：

（一）有我的想像

　　這類想像之出現，是因為作者看客觀之物時，不須客觀的規則，而循主觀感情之要求。因為「現實生活的狹小背景決不足以表現李白內心縱橫決蕩的浪漫主義激情」，[註2] 此刻，作者日常的邏輯思維已

〔註 2〕見 1973 年，香港上海書局編輯部出版的《李白》，p.39，此章為「本

被激盪的感情衝決，客觀世界的秩序由是分解，而被此刻的感情波浪所重新組織、重新揉合成另一個世界，這個世界必須能呈現作者當時的心象，始可與太激盪的感情相平衡。且看以下的句子：

> 南風吹歸心，飛墮酒樓前。（〈寄東魯二稚子〉）
>
> 狂風吹我心，西掛咸陽樹。（〈金鄉送韋八之西京〉）
>
> 閒來垂釣碧溪上，忽復乘舟夢日邊。（〈行路難〉）
>
> 手中電曳倚天劍，直斬長鯨海水開。（〈司馬將軍歌〉）
>
> 白髮三千丈，緣愁似箇長。（〈秋浦歌〉）
>
> 醉來臥空山，天地即衾枕。（〈友人會宿〉）
>
> 腸斷枝上猿，淚添山下樽。白雲見我去，亦爲我飛翻。（〈題情深樹寄象公〉）
>
> 楊花落盡子規啼，聞道龍標過五溪。我寄愁心與明月，隨風直到夜郎西。（〈聞王昌齡左遷龍標遙有此寄〉）

上引詩句，有的因爲愛子之情、思友之情、或者思念君主、掛懷國事，或者酒興大發、或者愁緒無端，這種種激動，都令他眼底的世界變了形，這新的形相均著染了他的感情色彩。如王國維新言：「以我觀物，故物皆著我之色彩」（《人間詞話》）。這時，李白自我表現的強力，已衝破現實具象界，故能「一會馳騁到西」、「一會馳騁到東」，所謂「天馬行空，不可羈勒」者在此。

（二）忘我的想像

前種想像，是作者感情激盪得可將物揉折變形，這第二種想像，是作者的感情更其充沛，已不知如何將物象界改變來遷就他自己，於是，他之感情要奔騰而昇華，整幅湧入物象界中，與物緊緊地結合，「不知何者爲我，何者爲物」（《人間詞話》），此時，讀者所見，唯有物象，而這物象不需攝影機，不需畫筆，也會生動有神的在文字下出現，此時的物象雖看來自然生動，卻非單純的原始物象，而是蘊含了

局編輯部整理」的〈李白作品分析〉。

作者血氣的物象。蓋原始萬物本來寂寞、只有經過人心的靈照才有了意思，所以那種「生動」是因爲作者的心之著染才生動。李白的想像方式，可說大部份都呈這番面貌，因此，人們覺得他的詩狀物活靈活現，自然生動，這正是心物交溶的藝術至境。在李白詩集中，此類形象鮮明的例証俯拾皆是：

見說蠶叢路，崎嶇不易行。山從人面起，雲旁馬頭生。(〈送友人入蜀〉)

皎如飛鏡臨丹闕，綠烟滅盡清輝發。但見宵從海上來，寧知曉向雲間沒。(〈把酒問月〉)

兩岸青山相對出，孤帆一片日邊來。(〈望天門山〉)

遙見仙人綵雲裏，手把芙蓉朝玉京。(〈廬山謠〉)

野戰格鬥死，敗馬號鳴向天悲。烏鳶啄人腸，啣飛上掛枯樹枝。(〈戰城南〉)

天馬來出月支窟，背爲虎文龍翼骨。嘶青雲，振綠髮，蘭筋權奇走滅沒。騰崑崙，歷西極，四足無一蹶……天馬呼，飛龍趨，目明長庚臆雙鳧，尾如流星首渴烏，口噴紅光汗溝珠。……(〈天馬歌〉)

燭龍棲寒門，光耀猶旦開。日月照之何不及此，惟有北風怒號天上來。燕山雪花大如席，片片吹落軒轅臺。(〈北風行〉)

我欲因之夢吳越，一夜飛渡鏡湖月。湖月照我影，送我至剡溪。謝公宿處今尚在，淥水蕩漾青猿啼。脚著謝公屐，身登青雲梯。半壁見海日，空中聞天雞。千巖萬轉路不定，迷花倚石忽已暝。熊咆龍吟殷巖泉，慄深林兮驚層巔。雲青青兮欲雨，水澹澹兮生煙。列缺霹靂，邱巒崩摧，洞天石扇，訇然中開。青冥浩蕩不見底，日月照耀金銀臺。霓爲衣兮風爲馬，雲之君兮紛紛而來下。虎鼓瑟兮鸞回車，仙之人兮列如麻。(〈夢遊天姥吟留別〉)

這些「忘我」的詩句，不是沒有自己，而是將自己隱藏了，直接帶讀者去觀賞物象，而他自己正隱藏於物象中，與物合一。人說李白的「不

受拘束」，應自其想像的詩句中了解。第一類想像是衝破客觀秩序的約束，故他能把物象變形；第二類想像則是衝破本身個體的約束，渺小的自我消失了，他將自己貼身於大世界中，亦將讀者直接帶到這大世界來看。李白爲何有這樣的一股衝力？徐佩珺、盛鍾健合寫的〈李白詩歌的藝術特色〉一文裡認爲此來自他的反叛性：

> 詩人通過誇張形式中的矛盾鬥爭，塑造了一個富於反抗精神的自我形象。在現實的壓抑下，他感到悶悶不樂……但他不能爲憂愁所壓倒，他要發出憤怒的抗議和不屈的呼號……他要用自己的努力去衝破現實對他的束縛，迅速地奔向理想的目標。這種飽和着強烈情感的誇張性的語言，彷彿一顆具有巨大威力的炸彈，它要從重重禁錮與窒息之中，爲詩人打開一條「揚眉吐氣，激昂青雲」的道路。（《李白研究》第 113 頁）

胡國瑞在〈李白詩歌的浪漫主義精神及藝術特點〉一文中，則說李白的想像力來自追求理想的強烈：

> 通過想像誇張所構造的形象之突出鮮明，正體現了詩人企圖蹬脫其所憎惡的現實而追求理想世界的感情之強烈。因此，詩中所描繪出的形象雖是超越現實的，而其所體現的感情則具有鮮明的現實性（《李白研究論文集》213 頁）

不論其爲反叛性或理想性，李白運用想像，總是他要抒發性情的表現。他要保持個性的自主、現實的不如意，要將它重新調整；現實的狹小，要將它打破，而使自己能振騰天地任何一角落。那想像的線索，一會兒東一會兒西，也正充份表現了他的豪放不拘之性格；而想像物的內容，我們看出多與大自然景物有關：例如月亮、雲釆、山、流水，這看出他那偏愛大自然的心態。別人的聯想只能就現實景象而安排，他卻超乎現實，例如仙人可出現綵雲裏、月亮如有靈魂似的在人前來去、一顆心可以跳到咸陽、或飛到幾千里外的西樓前、劍可斬斷流水、雲可聽從呼喚、傳說中的天馬整匹呈現眼底、謝公宿處有雲之君紛然而下……《屠緯眞文集》說：「杜（指杜甫）萬景皆實，李萬景皆虛」。

別人的想像，頂多就實景中聯想比擬，但李白會無中生有，這是李白想像的最大特色。此亦可能與其「天地與我並生，而萬物與我齊一」（《莊子・齊物論》）的道家思想有關，故天地萬物均成為他馳騁的場所。上海書局編輯部寫〈李白作品分析〉一文云：

> 突如其來的想像，總是令人感到孩子般的天真美好的心在跳動着。

他上天下地的遨遊，忘卻人我人物的隔閡，我們在他想像世界裡覺得舒暢，就因為在想像中他傳遞了豪放、天真的性情給我們。

二、用字之神妙

> 「紅杏枝頭春意鬧」，著一「鬧」字而境界全出；「雲破月來花弄影」，著一「弄」字而境界全出矣。（《人間詞話》）

歷來詩人均重視鍊字，故鄭谷改僧齊己之詩「前村深雪裏，昨夜數枝開」，將「數」字改為「一」字，被譽為「一字師」（《唐詩紀事》）；韓愈解賈島推敲之困，而結成好朋友（《劉公嘉話》）。見詩人知道一字可定優劣，而不等閑放過的態度。有人專於鍊字，語語求工，雖麗卻覺其費力。高級鍊字技巧應該境界全出而又極其自然，作者用了心思卻不見痕跡，李白的選字造語，即能臻此境。

> 風吹柳花滿店香，吳姬壓酒勸客嘗。（〈金陵酒肆留別〉）

此詩「漁隱叢話」謂「見新酒初熟，江南風物之美，工在壓字」，這字原來只是吳人方言，被李白引用，有無限明艷。

> 萬里浮雲卷碧山，青天中道流孤月。（〈答王十二寒夜獨酌有懷〉）

「流」字若看見月的孤寂，不由自主的在夜空流轉；又可見夜空的潤大無垠，如一個大海，月兒倒吊其間，一空依傍的流動着。

> 尋雲城邊烏欲棲，歸飛啞啞枝上啼。機中織錦秦川女，碧紗如煙隔窗語。停梭悵然憶遠人，獨宿孤房淚如雨。（〈烏夜啼〉）

「碧紗如煙隔窗語」、一「語」字見到那女子的痴態，白皙的一張臉，印在一層輕烟之間，她低首思念，低首喃喃，說的甚麼？只有她自己，

或者枝上的烏鴉知道吧？

> 若耶溪旁採蓮女，笑隔荷花共人語。日照新粧水底明，風
> 飄香袂空中舉。(〈採蓮曲〉)

太陽底下的水中倒影，除却「明」字，無可代替。「明」字說出了少女衣服的顏色、或者兩頰的紅潤、或者兩唇間的貝齒。青春的氣息，使水底也爲之活潑。

其他如：

> 我浮黃河去京闕，挂席欲進波連山。(〈梁園吟〉)

> 日色醉遠客，山花開欲燃。(〈寄韋南陵冰〉)

> 誰家玉笛暗飛聲，散入春風滿洛城。(〈春夜洛城聞笛〉)

> 日色欲盡花含烟，月明如素愁不眠。(〈長相思〉)

> 玉階生白露，夜久侵羅襪。(〈玉階怨〉)

> 館娃日落歌吹深，月寒江清夜沉沉。(〈白紵辭〉)

以上略引例，以見李白用字的風格。這些句子，本來都不宜分柝，李白的詩是整體的，如范德機說：「李詩好處亦難點，點之則全篇有所不可擇焉」，以上引點的字句，本來亦宜全篇並讀才更了解那字的精妙及包涵之義。他每用一個字，往往能使詩中境界全出，那字卻出現得平常而合情合理，若無其事地長在那兒，但份量又如此重。

三、用韻之靈活

用韻之靈活，亦是李白詩的一大特色，這項藝術主要表現在他的七言歌行體上，唐代歌行轉韻多有一定的句數規律，或四句一轉、或八句一轉、或一韻到底。韻的平仄亦有規律，如全用平聲仄聲韻，或平仄相間的韻。但到了李白手上，他卻把這傳統打破。他轉韻是隨時隨地的，兩句一轉，四句一轉，甚至三句一轉都有；其一首詩中的韻，平聲仄聲有節奏地出現。他的聲韻，全隨着詩意而轉變，又因爲他的文思太快，詩意飄逸，故他的聲韻是如何用法，有些甚麼規則是讓人全捉摸不到。後人學他的不規矩，但因爲才氣不夠，思路趕不及，卻

總學不像，故古往今來，能如此急激轉韻者，李白一人而已。

> 馬上相逢揖馬鞭，客中相見客中憐。欲邀擊筑悲歌飲。正值傾家無酒錢。江東風光不借人，枉殺落花空自春。黃金逐手快意盡，昨日破產今朝貧。大夫何事空嘯傲，不如燒卻頭上巾。君爲進士不得進，我被秋霜生旅鬢。時清不及英豪人，三尺童兒唾廉藺。匣中盤劍裝醋魚，閒在腰間未用渠。且將換酒與君醉，醉歸託宿吳專諸。(〈醉後贈從甥高鎮〉)

這詩十八句，共換了六次韻，句式是四、二、四、二、二、四。詩中意是醉酒向甥兒吐牢騷，內容本是鬱悶的，但因爲句子轉韻轉得快，不斷令人有新天地的感覺，這畫面的更換，遂造成詩內整個氣氛的爽快，將原有的憂鬱中和了。

> 棄我去者昨日之日不可留，亂我心者今日之日多煩憂。長風萬里送秋雁，對此可以酣高樓。蓬萊文章建安骨，中間小謝又清發。俱懷逸興壯思飛，欲上青天覽明月。抽刀斷水水更流，舉杯銷愁愁更愁。人生在世不稱意，明朝散髮弄扁舟。(〈宣州謝脁樓餞別校書叔雲〉)

此詩十二句，也換韻三次，四句一轉韻，平、仄、平相間。最特色還是首二句用十一字，「棄我去者」與「亂我心者」二小節因「者」字爲仄聲，故唸起來有一種開始尙未完成的感覺，接下去，是「留」字與「憂」字，平聲韻，能將上文擺開了的音節收住。故此，這二句本身已有開合感。再下去，「雁」是仄，「樓」是平，又一開合。「骨」、「發」、「月」三字皆仄聲韻，而中間一「飛」字平聲；跟着，「流」、「愁」、「舟」是平聲韻，而中間一「意」字卻是仄聲、這音節的排列與上組剛成對比，八句唸起來自成一大開大合之勢。本詩特色在平仄韻相間，開合的節奏有份流動感，如氣在旋轉、在推動波瀾。

此舉二例，其一看李白七古用韻特式是急激轉韻，韻轉急了，遂令詩篇不斷變化；其二是看李白平仄聲調之運用，總是有節拍的交錯着，令人讀來一開一合一開一合，充滿跌宕感。此外，這兩首詩內容

都是沉鬱的，但由於韻急節奏明顯，讀來語調鏗鏘，自然有股振奮人心的力量，教人將那番鬱悶宣洩。

四、句法之錯綜

　　這項藝術也主要見於七言歌行體上，別人的七言歌行就是每句七字，縱然變化亦只偶然間雜些三字句、五字句。李白的變化是大大突出常軌，他的七言歌體中，可以有一字句、三字句、四、五、六、八、九、十、十一等字句，句子的長長短短，予人一種散文的感覺。而且，這類長短詩句中每多虛字，總不是精鍊濃密的辭，是看來水份多而隨便的虛辭；但整篇唸來，又不覺其鬆散，反覺其虛字之間，有種流動的氣勢，似將全篇貌似鬆散不精鍊的字組織得有一份張力。例如在〈江夏贈韋南陵冰〉詩中，全篇三十四句，在前二十句中，還規矩地用七字句，第廿一句以下，卻翻出變化：

> ……人悶還心悶，苦辛還苦辛。愁來飲酒二千石，寒灰重暖生陽春，山公醉後能騎馬，別是風流賢主人。頭陀雲月多僧氣，山水何嘗稱人意。不然鳴笳按鼓戲滄流，呼取江南女兒歌棹謳，我且為君搥碎黃鶴樓，君亦為吾倒卻鸚鵡洲。赤壁爭雄如夢裏，且須歌舞寬離憂。

此段文字有五字句、有九字句，句子在整齊的一段後突生變化，令人直接地覺得作者的感情至此更形激動，規矩的句式已不堪承載這激動的氣，故不得不打破規矩，任用長短句來自由抒洩。另外要注意的，是那些變化了的五字句九字句，這些不規則句中又偏多重覆字，如「悶」、「還」、「苦辛」疊用；又偏多虛字，如「我且為君」、「君亦為吾」等等，這類字均令詩句的密度小了，空盪盪地可以任風來去，這些地方，最見氣之鼓盪。

　　更明顯表現的是〈蜀道難〉一詩。此詩言四川山水，除詩中聲調的巉巖不順，令人如感攀高山之艱難外；詩句的長長短短，更令人恍惚感到那山道的崎嶇不平，山巒的高高低低，光是聲調節奏，李白已可傳遞氣氛。

噫！吁！嚱！危乎高哉！蜀道之難難於上青天。蠶叢及魚
鳧，開國何茫然，爾來四萬八千歲，不與秦塞通人烟。西
當太白有鳥道，可以橫絕峨眉巔，地崩山摧壯士死，然後
天梯石棧相鈎連。上有六龍回日之高標，下有衝波逆折之
回川，黃鶴之飛尚不得過，猿猱欲度愁攀援。青泥何盤盤，
百步九折縈巖巒。捫參歷井仰脅息，以手撫膺坐長嘆。問
君西遊何時還，畏途巉巖不可攀，但見悲鳥號古木，雄飛
雌從繞林間。又聞子規啼夜月，愁空山。蜀道之難難於上
青天，使人聽此凋朱顏。連峯去天不盈尺，枯松倒挂倚絕
壁。飛湍瀑流爭喧豗，砯崖轉石萬壑雷。其險也若此，嗟
爾遠道之人胡為乎來哉。劍閣崢嶸而崔嵬，一夫當關，萬
夫莫開，所守或匪親，化為狼與豺。朝避猛虎，夕避長蛇，
磨牙吮血，殺人如麻。錦城雖云樂，不如早還家。蜀道之
難難於上青天，側身西望長咨嗟。

此詩句式極變化之能事，除七言為主外，一、三、四、五、九言句均
有。最妙是其句子的長短聲調，恰足以加強表達句子的內容。例如首
數句的一字、四字、跟着九字句，象徵登山者喘息的急促，復見到登
山者的望山興歎。跟着的五字句，有種古老渾樸味，相應他所寫的蜀
道歷史。其後的九字句「上有六龍回日之高標，下有衝波逆折之回
川」，讀來令人覺得山勢迴旋曲折，連綿若句子本身的特有長度。至
於三字句，有急促收勢、餘意不盡的效果，李白用「愁空山」三字句
形容子規啼音，彷彿那悽楚的叫聲一直在空廓的山間迴蕩。四字句最
堅實，他則用作議論山的險惡。最後再用九字句，重覆「蜀道之難難
於上青天」，這句子先後出現三次，在篇中做成一典型意象，令人仰
望高山，自覺力量的渺小。李白利用散文化的句式，在錯綜變化裡，
加強了他的表達能力。

五、體　裁

　　在李白一千首詩裡，五言或七言律詩佔的比例很少，大多是古體
詩與絕句。古體詩裡，有〈古風〉五十九首，是五言體，此組詩雖不

能作一時一地，卻集中地反映出他的理想，感慨和對於人生社會的觀點，形成了一個完整的思想體系。這組詩的樣貌亦迥異於其他各詩，朱偰在〈李白『古風』之研究〉一文中說：

> 太白詩歌類多才華煥發，逸氣縱橫，獨〈古風〉五十九首，不逞才，不使氣，渾渾穆穆，如天風之浩浩，似海濤之漫漫，蓋爲純性靈之作。（《李白研究論文集》p.57）

〈古風〉以外，有〈樂府詩〉一百四十九首，是李白摹仿古樂府之體例再配上自己新意而創作。這組詩多借古代故事以說時事。其中，七言歌行佔大多數。而且這些七言歌體，由於篇幅長，句法聲韻變化大，正充份地發揮盡李白詩歌的長處。

　　古風樂府以外的古體詩，仍佔相當的數量，它們則多是五言詩。

　　另外是絕句。李白的絕句成就很高，其五絕與王維的五絕、其七絕與王昌齡的七絕，被奉爲唐代絕句之典範。

> ……其李白絕句從六朝清商小樂府來。至其氣概揮斥，迴颷掣電，且令人縹渺天際。（《李詩緯》）

丁龍友在《李詩緯》中的這段話，亦說明了李白絕句自民歌中脫胎而出。

　　綜合以上資料，我們看到李白在選擇體裁方面，不喜歡格律精嚴的律詩，他喜歡樂府古體詩的自由。在樂府古體詩裡，他的七言歌行寫得最好，樂府本多採自民間，七言體易於多樣的變化，特別能令氣勢豪放。在近體詩裡，他擅長絕句，絕句前身亦來於民歌。可見李白在體裁上是偏愛民歌，而民歌的特點是有生命力、活潑、樸素、自然，這幾點亦助成了李白詩作的風格。

貳、風　格

　　李白作品的樣貌，在歷代詩話中早已零散述及，最早是杜甫讚語：

　　　　清新庾開府，俊逸鮑參軍。（〈春日憶李白〉）

稍後任華有云：

　　　　多不拘常律，振擺超騰，既俊且逸。（〈雜言寄李白〉）

以後又有稱之「豪」者、「樸」者：

　　　　人言太白豪，其詩麗以富。樂府信皆爾，一掃梁陳腐。餘
　　　　篇細讀之，要自有樸處。（方回〈雜書〉）

「清新」、「俊逸」、「豪」、「樸」，此四名詞，日後論者乃不能超此之
外。「清新」包含着「樸」；「俊逸」與「豪」，同是一股快速流動的氣
所形成，故或說李白詩有清新與豪俊兩種樣貌亦可以，陸侃如〈中國
詩史〉裡有一段文字論李白：

　　　　他的詩有一部分近於王孟，如望終南山，訪戴道士、敬亭
　　　　獨坐等。又有一部分則近於高岑，如戰城南，北風行，廬
　　　　山謠等。由此可知，他是兼擅王岑之長的。他一方面要像
　　　　隱士那樣提着酒壺去賞鑑自然的美，一方面要像豪士那像
　　　　喝醉了去上馬殺賊。（第406頁）

陸侃如說李白兼王岑之長，也是發現出李白既有靜態的王孟風致亦有
動態的高岑氣勢。以下，試就靜與動兩方面，看看李白的作品。

一、清新自然

　　李白詩總有鮮明的個性，詩中內容洋溢着他的才氣、血氣，那是
不可代替的。透過文字，我們看見李白整個站出來，那文字不是模糊
陳腐的，每一辭句均有着李白與別不同的氣息在，因而每篇詩裏描繪
的事物形象，我們都看到一種獨特的新意，所以杜甫予他「清新」二
字的評語。這份新意由於連上他真實的情感，使我們看到真實的狀
貌，而不是造作偽裝出來的。於是我們覺得它同乎大自然界裡的東西
一樣，而接受得非常舒服。王安石取李白自己的兩句詩來形容他，是

「清水出芙蓉，天然去雕飾」，眞妥貼地說出李白風格。這份風格表現有三方面：

（一）清幽之氣

一些詩篇，讀來有一份幽趣，像不吃人間煙火，你會驚異，這人怎會寫出像這類東西。他將大自然裡幽靜而美麗的一角用筆一點，如日光透過枝葉落到石隙間，將千萬年曾是暗蔽的地方照亮了，我們看到世界的另一面。

> 涉江弄秋水，愛此荷花鮮。攀荷弄其珠，蕩漾不成圓。佳期綵雲裏，欲贈隔遠天。相思無由見，悵望涼風前。（〈擬古〉其十一）
>
> 白鷺拳一足，月明秋水寒。人驚遠飛去，直向使君灘。（〈賦得白鷺鷥〉）
>
> 出門見南山，引領意無限。秀色難爲名，蒼翠日在眼。有時白雲起，天際自舒卷。心中與之然，託興每不淺。何當造幽人，滅迹棲絕巘。（〈望終南山寄紫閣隱者〉）
>
> 問余何意棲碧山，笑而不答心自閒。桃花流水窅然去，別有天地非人間。（〈山中問答〉）
>
> 眾鳥高飛盡，孤雲獨去閒。相看兩不厭，只有敬亭山。（〈獨坐敬亭山〉）
>
> 對酒不覺暝，落花盈我衣。醉起步溪月，鳥還人亦稀。（〈自遣〉）

這類詩特別接近王維孟浩然的情趣，陸侃如說他受王孟影響，想是指此。但李白又不單是王孟，他在清幽的句子裡尚有活潑，於是又演變出另一模樣。

（二）天籟之趣

許多本來平常的情景，我們不以爲意的，但經過李白的眼睛看，經過他的手一指出，我們才發現，原來這些事情那麼有趣。看見大自然界裡不只幽靜美麗，且是生意盎然，充滿動力。例如以下詩句：

南船正東風，北船來自緩。江上相逢借問君，語笑未了風吹斷。(〈寄韋南陵冰〉)

長干吳兒女，眉目艷星月。屐上足如霜，不著鴉頭襪。(〈長干詞〉其一)

海水不可解，連江夜爲潮。俄然浦嶼闊，岸去酒船遙。(〈送殷淑〉其一)

痛飲龍筇下，燈青月復寒。醉歌驚白鷺，半夜起沙灘。(〈送殷淑〉其三)

秋浦多白猿，超騰若飛雪。牽引條上兒，飲弄水中月。(〈秋浦歌〉)

以上是白描外界景物的趣味，以下再看一些詩，是李白寫他自己的，亦能白描出他可愛的神情。

嬾搖白羽扇，裸袒青林中。脫巾挂石壁，露頂灑松風。(〈夏日山中〉)

昨日東樓醉，還應倒接䍦。阿誰扶上馬，不省下樓時。(〈魯中都東樓醉起作〉)

峨眉山月半輪秋，影入平羌江水流。夜發清溪向三峽，思君不見下渝州。(〈峨眉山月歌〉)

領得烏紗帽，全勝白接䍦，山人不照鏡，稚子道相宜。(〈答友人贈烏紗帽〉)

上列引詩，無論描寫景物，或是寫自己，都可見其獨到的看事物的角度。兩船相遇了，大家隔水交談，卻被風吹斷了呢，風甚麼時候來，他們甚麼時候因船行而分開，都不知道，彼此亦無心留意；講話無心，分離亦無心，純任一種巧妙的自然安排，人在自然安排裡和諧生活。又例如他寫江南女兒，除了寫眉目像星月，還特別注意到她雙腳的白皙，因爲沒有著襪，全部看見了。這些，都是清新可愛的題材。他自己呢？會因爲嬾得搖扇子而裸體林中，會高興地戴起烏紗帽，頻頻問身旁的小童好不好看。這類事情，有些人會怕說出來，例如怕告訴人家裸體因爲失禮，怕人家知道他戴烏紗帽的興奮，怕說偷看了人家女

兒的赤足。一般人會拘守俗禮但李白覺得這類事情無所謂禮不禮，直白說出來令人反覺自己拘束得無謂，他這類小詩的魅力正在此。

（三）口語化

李白詩語言自然得像我們日常講說話，不過他在口語外表中富有韻味。唯其這既自然又有意思的句子，才更覺親切，更耐人咀嚼。如沈德潛在《說詩晬語》中云「只眼前景、口頭語」，卻有「弦外音，味外味，使人神遠」。以下茲舉一些這類句子。

> 風吹柳花滿店香，吳姬壓酒勸客嘗。金陵子弟來相送，欲行不行各盡觴。請君試問東流水，別意與之誰短長。（〈金陵酒肆留別〉）
>
> 水如一疋練，此地即平天。耐可乘明月，看花上酒船。（〈秋浦歌〉）
>
> 兩人對酌山花開，一杯一杯復一杯，我醉欲眠卿且去，明朝有意抱琴來。（〈山中與幽人對酌〉）
>
> 三朝上黃牛，三暮行太遲。三朝又三暮，不覺鬢成絲。（〈上三峽〉）
>
> 李白乘舟將欲行，忽聞岸上踏歌聲。桃花潭水深千尺，不及汪倫送我情。（〈贈汪倫〉）

〈金陵酒肆留別〉裡說那些送者與行者，他用了直接簡單的四個字「欲行不行」，這四字又雙關的說出那些人想動身又捨不得離去的情景；吳姬壓酒的「壓」字，歷事評論者認為極其工整，誰知這即是吳地方言；次首〈秋浦歌〉亦有「耐可」二字，亦是杭州人口語。他這些方言土語用在詩句裡，生活氣息濃郁。另外，我們看見他屢用重複字句，「一杯一杯復一杯」，這種字句唯李白敢用，但這重複正表現了他的醉態，屢飲不厭。「上三峽」中，連用四個三字，表示了三峽的幽長曲折，總是走不完。〈贈汪倫〉裡，首句說「李白」乘舟，末句說「汪倫」送我，廿八字中四字是人名；別人早忌諱這佔去了詩意安排，而李白卻不忌，人名加進去，唸起來覺得他很爽快直白，愛隨時叫着自

己的名字，也叫着他人的名字。

　　詩裡他不忌土語、口語、人名、重覆語，用來人又不嫌其乏味累贅，這是很大的技巧。這大技巧說穿了其實一切是本於真情，有真情始有內容，有內容便盛起一切，這也是民歌的風格，如《楊升菴外集》云：「古人謂李詩出自樂府古選，信矣」，李白詩的口語風格正取靈感於樂府民歌。

二、豪邁俊逸

　　豪邁、俊逸二詞均見出氣的快連流動，故在這風格下的詩篇是特別富於氣勢。前說清新自然處亦非無氣，只是那時的氣是優悠舒緩的，舒緩得不大覺其存在。而在這部份論述的詩，氣激盪得充滿動感。豪邁，見出氣的磅礡；俊，見出氣在積蓄待發，伶俐清爽；逸，是一股飄忽出沒的氣，時隱時現，使人迷離恍惚。以下，試就三方面來說：

（一）豪

1. 氣勢之磅礡

　　氣的作用，在任何自成一家的文學作品裡都明顯見到。因為氣的運轉不同，亦形成了多種的作品樣貌。就以杜甫為例，一般人都會覺得他的詩是沉鬱頓挫，他詩中的氣不是外露的，是如水流之遇着山石，轉拗屈折而出。而李白則不然，他的氣有多少便發多少，浩浩蕩蕩，明明白白的如天水瀉來，絕不屈曲裏藏，所以，我們亦較易捉摸着李白的氣。尤其是他部份詩篇，特別是七言歌行，由於篇幅大、句子多，可以在句法與聲韻上寓豐富的變化，即如上節所提及的〈蜀道難〉、〈宣州謝朓樓〉等詩，這類作品單就聲音的接觸，已覺得一股既醰且暢的氣，衝過我們的脈膊。讀其詩，是不能稍歇的，必須自第一句一直下去，唸完最後一句，始覺做完一件事，始可以喘一口氣息。它這些詩篇的每一句，底部似乎有一大力量，張牙舞爪地將每一斷句結成有機整體，我們隨意停下來品味某一句是無味的，每一句必須嵌到整體中看，精神始現。這情況杜詩裡是不多，杜甫多數詩篇由於氣

的頓挫，故我們可以兩句或每句分開來，休息地慢慢咀嚼；李白的氣之酣之暢，他卻不容許你休息，直至唸完他整篇作品爲止。如王安石所評：

> 李白詩詞迅快，無疎脫處。(《捫虱新話》)

這「迅快」，「無疏脫處」，最能說出李白運氣之特點。而在這一欄裡搜括李白豪邁風格的詩篇，又是李詩迅快的氣勢裡最迅快者。由於氣的流動速度大，我們乃在不經意間看到了作者的爽快與豪情。

2. 詩境之壯濶

李白由於有這份才與氣，能上天下地的馳騁其想像，故他的詩句總多誇大的言辭，刹那間把我們眼前豁出一片廣濶天地。在他詩句裡，空間的隔閡、時間的界限、與乎俗世禮教之拘謹，都要打破；他像一只大鵬鳥直飛而起，他周圍是像九霄天外，藍汪汪裡任由他自由自在的轉。例如他會說：

> 女媧戲黃土，團作愚下人。散在六合間，濛濛若沙塵。(〈上雲樂〉)

> 燭龍棲寒門，光耀猶旦開。日月照之何不及此，惟有北風號怒天上來。燕山雪花大如席，片片吹落軒轅臺。(北風行)

他將塵世間人羣一團看作濛濛的沙塵，是忽地將讀者抽身事外，像升至女媧的高度向下看，讀者的視野大了；他將北風形容作天上來，其強勁可知；而燕山的雪，可片片大如席子，他動輒出口總是碩大無朋的東西，使人拋棄自己原臥於井底看天的角度。

> 白兔搗藥秋復春，嫦娥孤棲與誰鄰。今人不見古時月，今月曾經照古人。古人今人若流水，共看明月皆如此。唯願當歌對酒時，月光長照金樽裏。(〈把酒問月〉)

> 蒼穹浩茫茫，萬劫太極長。麻姑垂兩鬢，一半已成霜。(短歌行)

他在短短幾十年壽命間看月亮，卻曉得看出自己只是月光長河裡極小極小一分子，知道古人今人若流水而時間永恆；〈短歌行〉裡，他將

自己提升到蒼穹中看，而看見人間輪迴的短暫，太極之無窮；甚至麻姑仙人，比對在無窮的時光下，也會生白髮哩！他運用想像，將我們帶到時光隧道上去看。

> 憶昔洛陽董糟邱，爲余天津橋南造酒樓。黃金白璧買歌笑，
> 一醉累月輕王侯。(〈憶舊遊寄譙郡元參軍〉)

> 六博爭雄好彩來，金盤一擲萬人開。丈夫賭命報天子，當
> 斬胡頭衣錦迴。(〈道外甥鄭灌從軍〉)

他醉起酒來可以累月的醉，以布衣身份卻膽敢輕視王侯；當他爲國從軍，可以連命也博盡，像一名賭徒，把性命投注在萬人圍繞的賭場上。李白如此的輕權貴、輕性命，人人重視的東西他偏可輕看，遂造成詩裡一股眞正能抒洩個性的自由氣氛。

以上所舉，是就空間、時間、俗禮的打破來看其豪情；這番豪情，在他的山水詩裡表現得更是典型徹底。

> 西岳崢嶸何壯哉，黃河如絲天際來，黃河萬里觸山動，盤
> 渦轂轉秦地雷。榮光休氣紛五彩，千年一清聖人在。巨靈
> 咆哮擘兩山，洪波噴流射東海。三峯卻立如欲摧，翠崖丹
> 谷高掌開。白帝金精運元氣，石作蓮花雲作臺。(〈西岳雲臺
> 歌送丹邱子〉)

> 黃河西來決崑崙，咆哮萬里觸龍門。波滔天，堯咨嗟。大
> 禹理百川，兒啼不窺家。殺湍湮洪水，九州始蠶麻。其害
> 乃去，茫然風沙。(〈公無渡河〉)

這兩首寫黃河的詩，彷彿將黃河寫得有靈魂，它包含着萬般憤怒，要向山巖撞去。也將黃河寫得很悠久，李白將我們視境帶到黃河的歷史上去，使我們看到洪荒時期的堯帝大禹，看見茫然的風沙，黃河千年清一次，這時據說會出一次聖人，但我們人類百歲壽命已算長久。我們看到河水只能是今世的樣子，而李白要我們在自然界之前，張眼看出它的過去與未來，看出它的廣大莊嚴處。

> 四月上太山，石平御道開。六龍過萬壑，澗谷隨縈迴。馬
> 跡遶碧峯，於今滿青苔。飛流灑絕巘，水急松聲哀。北眺

　　嶮嶂奇，傾崖向東摧。洞門開石扇，地底興雲雷。登高望
　　蓬瀛，想像金銀臺。天門一長嘯，萬里清風來。(〈遊太山〉
　　之一)

　　平明登日觀，舉手開雲關。精神四飛揚，如出天地間。黃
　　河從西來，窈窕入遠山。憑崖覽八極，目盡長空閒。(〈遊太
　　山〉之三)

這兩首寫太山，也從它的歷史着筆，太山屢蒙歷朝皇帝寵幸駕臨，行
經之地馬跡斑斑，但一朝代的人煙，很快將被青苔覆沒，人世短促而
山岳依然，這是李白常在山水詩中流露的意旨。讀至此，我們自覺渺
小，而歡服李白筆底那自然的無限，因而不自覺地響往，又不自覺的
擴展了我們自己。李白除了帶人走入歷史長廊，也帶人走向寬潤無際
的宇宙空間，他會站在天門上長嘯，吸入萬里的清風；他會舉手揭開
白雲，窺看雲外的另一天宇，將精神向上提昇，讓它突破塵寰的侷狹，
突破雲霞的另一重遮掩，昇向四無隱隔的晶明太空上去，讀詩至此，
我們自然會不屑斤斤計較那蝸角名利了。

　　登高壯觀天地間，大江茫茫去不還。黃雲萬里動風色，白
　　波九道流雪山。(〈廬山謠寄盧侍御虛舟〉)

　　西登香爐峯，南見瀑布水。挂流三百丈，噴壑數十里。欻
　　如飛電來，隱若白虹起。初驚河漢落，半灑雲天裏。仰觀
　　勢轉雄，壯哉造化功。海風吹不斷，江月照還空。(〈望廬山
　　瀑布〉)

這兩首是描寫廬山的，也與前二組詩有相同的角度：一是山水的壯
觀。例如登廬山而視境宏大，看到萬里黃雲蠢動，看到九道的山雪消
溶，看到那瀑布像銀河自天而降。二是山水的永恆。例如寫江水的奔
流不息，它永無回頭，卻又永不會因奔流而盡竭；寫瀑布迎着海風吹
打，卻永遠吹打不斷，它永遠有那麼大的水勢要向下衝瀉；它向着月
色時，卻與月混成一體，天地的界限也可以劃破，一片空濛，若盤古
未開。

　　空間的潤大無垠與時間的永恆無限，使李白的山水詩迥異於魏晉

時代的山水詩，魏晉詩人筆下的自然，如陶淵明的「採菊東籬下，悠然見南山。山氣日夕佳，飛鳥相與還」(〈飲酒詩〉)；如謝靈運的「池塘生春草，園柳變鳴禽」(〈登池上樓〉)、「野曠沙岸淨，天高秋月明」(〈初去郡〉)，這些詩句多表現自然界默默生息的變化、表現一份寧靜安詳的美，卻沒有表現到自然界裡驚濤駭浪、山石崢嶸那股力量的美。而李白卻因他的經驗與他的性格，發而成一種欲呼風喚雨的氣概，只有這氣概才恰可與大自然的雄奇面貌相呼應。

詩境之壯濶往往因為那氣勢的磅礴，氣如一團大動力將他的視境張大了。二者本難以劃分，合在一起時便造成了豪邁風格。前人有這樣的形容詞：

> 矯矯李公，雄蓋一世。麟遊龍驤，不可控制。(方孝孺《李太白贊》)

> 想落天外，局自變生。真可謂馳走風雲，鞭撻海嶽。(陸時雍《詩鏡總論》)

(二) 俊

李白有部份詩，其氣極強盛，但那氣又不像前者傾盆而來，而是略露端倪，點到即收。將許多勁力積蓄在裏面，顯得乾淨清爽、精神奕奕。這類風格多表現在絕句之中，而前者所述，則多表現在七言歌行上。體裁的不同，也影響到辭氣的表現。

> 朝辭白帝彩雲間，千里江陵一日還。兩岸猿聲啼不住，輕舟已過萬重山。(〈早發白帝城〉)

這首詩之佳妙，曾被選作有唐七絕壓卷之作。詩寫盡了巫峽江水之迅疾。最妙是末二句，這邊不斷的兩岸猿聲，樹蔭裡，那一葉扁舟，已如箭滑過江水，繞過重重山脈，去得無影無踪。自朝辭白帝彩雲間這舟子的出現，至飄越萬重山水這舟子的消失，不過是一瞬間的事，但那舟子出現時予人的印象，卻是久久不散，我們似猶聞那啼不盡的兩岸猿聲。這份縈繞不散的情味，是氣的作用，它像電光閃閃似的出現，形貌過了，那隱隱的雷聲還在後頭。

驄馬新跨白玉鞍，戰罷沙場月色寒。城頭鐵鼓聲猶震，匣
裏金刀血未乾。（〈軍行〉）

百戰沙場碎鐵衣，城南已合數重圍。突營射殺呼延將，獨
領殘兵千騎歸。（〈從軍行〉）

兩首均寫軍戰，似有股凌厲的殺氣在。起二句還不覺，而兩詩第三句，均突然轉出一片新領域，若駿馬奔突而出，如箭騰至天邊，卻戛然而止，風飄飄吹著牠的鬃毛。兩詩的氣，均是迅疾的放出，又迅疾收回。

八月邊風高，胡鷹白錦毛。孤飛一片雪，百里見秋毫。（〈觀
放白鷹〉）

此詩展開一幅遼闊的秋空景象，秋陽四無阻隔直照下來，將遠飛的鷹毛染成一片雪，它在藍汪汪的太空裡上下而飛，一點白雪似閃爍泛光……。此詩的勁力亦在末二句，由於風高氣爽，由於胡鷹的白，於是，放鷹人得在百里以外看清鷹毛狀貌。鷹很神駿，放鷹人的雙目也很神駿。

上略以四絕句表示「俊」的樣貌，《詩辨坻》一書裡有揭出李白絕句之特色云：

七言絕起忌矜勢，太白多直抒旨甕，兩言後只用溢思作波
掉，唱嘆有餘響

他的絕句就是起勢平常，第三句卻突然攔腰殺出，當你還未弄清甚麼回事時，他已跑掉了，引得你須慢慢去體會。

（三）逸

俊逸本是相連的，這兒將它分而為二，是想更明顯點出氣的轉化過程。俊，是強勁的氣出得快收得快；逸，該是那股強勁的氣收蓄後的餘音裊裊。「逸」風格裡的作品，恍兮惚兮，令人嗅之如無，忽然而有，極富於魅力。

此中得佳境，可以絕囂喧。清夜方歸來，醋歌出平原。（〈與
周剛清溪玉鏡潭宴別〉）

他在喧囂中歸來，復醋歌平原的靜夜中。他不喜歡那熱鬧聲音，卻自

己在寂靜裡抒發出聲音。這鬧與靜在交錯着，引人追踪着。

　　日晚湘水綠，孤舟無端倪。(〈夜泛洞庭尋裴侍御清酌〉)

他只用一個綠字來描寫湘水，在一團綠煙裡，這隻舟子被迷惑得不知往那兒去。則「綠」字因無端倪的孤舟而見出其滿滿一湖，滿得令船兒追逐失卻了方向。

　　仙人東方生，浩蕩弄雲海。沛然乘天遊，獨往失所在。(〈送
　　王屋山人魏萬還王屋〉)

東方生這位仙人方在攪弄白雲，看着他沛然與天共遊轉，曖曖變幻間刹那不見了，而白雲仍然浩蕩。

　　白雞夢後三百歲，灑酒澆君同所懽。酣來自作青海舞，秋
　　風吹落紫綺冠。(〈東山吟〉)

他醉了，自己起身跳舞，欲以舞蹈的歡樂忘卻時光的催迫。這時候，風來將他那頂帽子吹落了，像要打破他這份醉態，他卻醉舞如故。

　　淼淼望湖水，菁菁蘆葉齊。歸心落何處，日沒大江西。(〈奔
　　亡道中〉)

湖水很滿，蘆葉很密，他的方向何往？而只見一輪斜日，懂得歸入大江，他的方向何在？

　　巫山夾青天，巴水流若茲。巴水忽可盡，青天無到時。(〈上
　　三峽〉)

　　但見宵從海上來，寧知曉向雲間沒。(〈把酒問月〉)

　　高歌取醉欲自慰，起舞落日爭光輝。(〈南陵別兒童入京〉)

　　驚濤洶湧向何處，孤舟一去迷歸年。征帆不動亦不旋，飄
　　如隨風落天邊。(〈當塗趙炎少府粉圖山水歌〉)

　　我歌月徘徊，我舞影凌亂。醒時同交歡，醉後各分散，永
　　結無情遊，相期邈雲漢。(〈月下獨酌〉)

　　牛渚西江夜，青天無片雲。登高望秋月，空憶謝將軍。余
　　亦能高詠，斯人不可聞。明朝挂帆席，楓葉落紛紛。(〈夜泊
　　牛渚懷古〉)

以上所舉句子，初照面令人難捉其意旨，你看到連詩中作者的心意也

是恍惚的，他取材的景物，爲何如此串連？那條線索難于找出來，但
這線索又不是沒有，它總吸引着你去尋找。終於發現，這類詩句徘徊
在消失與重現、寂寞與熱鬧、有與無、悲與喜、動與靜之間。本是分
離的二物，又相交相錯、遂造成詩境的迷離。有時，李白自己的行動，
也表現了這種不可解的情緒。

　　有時忽惆悵，匡坐至夜分。(〈贈何七判官昌浩〉)

　　醉來脫寶劍，旅憩高堂眠。中夜忽驚覺，起立明燈前。(〈冬
　　夜醉宿龍門覺起言志〉)

　　烈士擊玉壺，壯心惜暮年。三盃拂劍舞秋月，忽然高詠涕
　　泗漣。(〈玉壺吟〉)

　　金樽清酒斗十千，玉盤珍羞直萬錢。停杯投筯不能食，拔
　　劍四顧心茫然。(〈行路難〉)

這份情緒，令他坐立不安，他自己亦不知道如何是好，只有把一份眞
實的感覺，見諸文墨。如此直率地將內心的跳盪、矛盾、不安赤裸表
達者，詩人中亦少見，這是李白很獨特的一面。由於他的忠於感受，
故屢能將心裡最深微的觸動寫出，在那兒，邏輯尚未萌生，許多相反
又相成的意念交纏着。於是，此時詩裡取材的事件與事件之間，像很
難連在一起，像彼此橋樑拆了。那是因爲作者還未以理性去處理那些
意念，讀者亦只好純任感受去捕捉，一切遂渾然而朦朧。如王士禎《帶
經堂詩話》裡評其〈夜泊牛渚懷古〉一詩云：

　　詩至此，色相俱空，如羚羊挂角，無跡可求，畫家所謂逸
　　品是也。

後　語

　　　李白作品裡表現的，是一個生命整體，生命的活動複雜且變化無方，本來難以邏輯系統去將它割劃而分章理解。這篇文章寫李白的生平、思想、性情、作品的各項藝術性、作品的風格，亦是勉強的粗略的分別。這幾個項目間，有時是彼此包含，有時又彼此影響，混和在一起。

　　　李白之所以到現在我們還欣賞他、佩服他，甚至崇拜他，他的成就當然在詩作的藝術上，因為李白的精華聚萃於此。要研究文章的藝術性，應該有文藝理論作背景；不過，作家是活的，理論是硬化的，是以任何精嚴的理論亦難十分概括了作家的藝術變化。這篇文章，取劉勰《文心雕龍》的文體論做底子，為的是文體論的解釋較週到，探討得較深入。但在互相對照時，仍然感覺有些東西不知鑲到那個環節上才好。

　　　《文心雕龍・總術篇》云：

> 文體多術，共相彌綸；一物攜貳，莫不解體；所以列在一篇，備總情變。譬三十之輻，共成一轂。

這說明了作品的藝術性由各方面的因素構成，《文心》一書自〈原道〉篇起，說明文章思想性的大原則、各類體裁、各種藝術手法。思想方面，彥和舉儒家做主體；藝術的手法方面，則以性情為滙歸。作品之總貌，是以思想內容、體裁、及各項藝術手法構成，因此，本文論述

李白作品的樣貌，即沿此途逐去發展。

　　李白作品的樣貌即看他風格的表現，而風格之組成因其神思、風骨、聲律、章句、麗辭、練字等。於是本文列有想像、用字、聲韻、句法、體裁五項以探討。這五項內容，又統受着作者性情主宰；於是有性情一章，分言其眞摯與豪放。而李白之所以有此性情，實在因爲他有儒家思想作爲人生的主導，又有道家思想以輔助慰解，故有思想一章。而思想的研究，又需根據他一生行爲作分析，與乎時代思潮的鼓盪，故有前言部份述其時代生平。

　　重點部份固然是風格一章，是各部的總體結合，但風格之表現是文字所不能分析的，必須從其整體的作品中體會出來，不得已中摘取其一些詩作以資例證，未免有朦朧之感，朦朧中看到前章所述的各項因素在作用着，在互相糝雜而揉合出他的風格。例如想像的夸飾性令詩境壯濶了；聲韻與句法的變化促使氣勢奔騰；用字巧妙使作品有清新自然的氣息。又例如再前章說的眞摯性情，實在是清新的本質；而那份豪放，又是演成其豪邁俊逸的因由。再說，在「逸」一欄下論述的李白情緒上的飄忽，實隱隱與其欲仕進而不得，又悲時光無情的儒道思想有關。

　　可以附會的都盡附會了，其實有些仍覺牽強。例如想像一欄，是它形成了風格的特色，還是它本屬風格中的一項呢？例如我們可說：李白特別愛想像，則想像已是他的風格之一，但似乎傳統用以形容風格的辭景裡又沒這一項。將之歸入練字、聲韻、句法諸項目中，但想像似乎應該更高級，它是不能着意的，超乎技巧的，是連結性情與思想的一項藝術。李白運用想像，佔去其詩篇的大部份空間，是古往今來唯一的人。爲了這一項特色，似乎應另爲他建立一套文學理論。

　　艱難勉強的組織如上所述，自然不敢說能眞箇了解他，一如方孝孺〈弔李白〉詩中說的：

> 泰山高兮高可夷，滄海深兮深可涸，惟有李白天才奪造化，世人孰得窺其作。

主要參考書目

1. 《李太白詩集輯注》，王琦輯注，中華書局。
2. 《分類補注李太白詩》（四部叢刊本），商務印書館。
3. 《文心雕龍》，劉勰，商務印書館。
4. 《中國文學論集》，徐復觀，學生書局。
5. 《文學的玄思》，顏元叔，驚聲文物供應公司。
6. 《文學批評散論》，顏元叔，驚聲文物供應公司。
7. 《談民族文學》，顏元叔，學生書局。
8. 《迦陵談詩》，葉嘉瑩，三民書局。
9. 《文學欣賞與批評》，徐進夫譯，幼獅譯叢。
10. 《中國文學批評通論》，傅庚生，商務印書館。
11. 《中國文學欣賞舉隅》，傅庚生，南國出版社。
12. 《詩詞例話》，周振甫，中國青年出版社。
13. 《文藝心理學》，朱光潛，開明書局。
14. 《詩論》，朱光潛，正中書局。
15. 《文學概論》，涂公遂，珠海文史學會。
16. 《唐詩記事》（唐代詩史長編本），計有功，鼎文書局。
17. 《苕溪漁隱叢話》，胡仔，廣文書局。
18. 《容齋隨筆》，洪邁，掃葉山房刻本。
19. 《滄浪詩話》（唐代詩話本），嚴羽，藝文印書館。
20. 《說詩晬語》（清詩話本），沈德潛，藝文印書館。

21. 《道教徒詩人李白及其痛苦》，李長之，海外圖書公司。

22. 《李白》，王瑤，上海人民出版社。

23. 《李白與杜甫》，郭沫若，人民文學出版社。

24. 《李白》，作家與作品叢書，香港上海書局。

25. 《李白評傳》，劉維崇，人人文庫。

26. 《李白研究》，王運熙，作家出版社。

27. 《李白研究論文集》，中華書局。

28. 《李白詩文繫年》，詹鍈，作家出版社。

29. 《李白詩論叢》，詹鍈，作家出版社。

30. 《李白詩論叢》，俞平白，香港文苑書屋。

31. 《唐詩研究論文集》，李白，中國語文學社編。

32. 《李白詩選》，復旦大學中文系，人民文學出版社。

33. 《唐代詩歌》，王士菁，人民文學出版社。

34. 《李太白年譜》，黃錫珪，作家出版社。

35. 《李太白歌詩索引》，〔日〕花房英樹，京都大學。

36. 《中國詩史》，陸侃如。

37. 《杜甫詩集》。

38. 《杜甫研究》，蕭滌非，山東人民出版社。

39. 《老子》，王弼注，中華書局。

40. 《莊子》，郭象注，中華書局。

41. 《楚辭》，王逸注，中華書局。

42. 《史記》，藝文印書館。

43. 《舊唐書》，藝文印書館。

44. 《新唐書》，藝文印書館。

45. 《資治通鑑》，中華書局。

46. 《文選》，商務印書館。

47. 《樂府詩集》，郭茂倩輯，四部叢刊。

48. 《中國思想史論集》，徐復觀，東海大學。

49. 《中國通史簡編》，范文瀾，人民出版社。

劉辰翁評杜研究

蔡娉婷　著

作者簡介

蔡娉婷，1996 年中央大學中文碩士，中央大學中文所博士候選人。現職苗栗縣親民技術學院通識教育中心講師。研究專長以詩論、中國古典小說為主，近年曾發表多篇有關中國公案小說的論文及產學合作研究案，91 年完成國科會指導大專生研究案《霹靂布袋戲之詩詞研究》，編有專書《大學國文選》（新文京出版，2005年）、《文類紛呈的女世界：台灣當代女作家文選》（麗文文化出版，2009 年）。

提　　要

　　評點一事，由其肇始而至於詩文評點，乃至於小說、戲曲評點，有其傳承，且代表了文人對所評點之經典的重視程度。本文先探討「評點」其內在意義的衍化，繼之著眼於劉氏本身之身世、學養、評點作品，將其評點條析縷分，尋譯其獨特的評點手法及美學。本文之論證以杜詩評點為主，原因是劉氏一生所作的評點，以評杜的意義最為重大，對兩宋杜詩學的開展有深遠的影響。拋卻時人繁瑣注杜的研讀而以評點作為閱讀方式，除了劉氏本人的文學素養使然外，南宋末年論詩風氣的興盛，亦為促使他採取這種率意自道的手法之原因。而劉氏評杜的方式概採「別有會心」的靈悟，不依注解、講究自然風味，沈潛其中而發之以率意自道、隨意紀實，其中亦流露出他的文學觀念。站在讀者的立場，閱讀劉辰翁的「閱讀」成果，具有「再創作」的想像美感，同時他強調的「不拘一義」、「直抒胸臆」、「自然風味」也具有美感經驗的實踐意義，若劉氏沒有經過淨化與昇華的人生體悟、對文字調遣自如的功力，亦不能擺脫當時取便科舉的評注目的，獨開一條賞悟詩文的蹊徑。故本文從知人論世的角度出發，析論其評點手法，並探究其對後世的影響。

目

次

第一章　前　言

第一節　研究動機

　　唐代以降，杜甫詩作被視爲中國詩壇之圭臬，於北宋中葉，由於詩風自宋初的綺靡轉而樸實，由言情轉而言理，故含渾沈厚之杜詩始漸爲宋人所喜好，江西詩派之首黃庭堅便是以杜詩爲宗，在當代文壇具有舉足輕重之影響。有宋一代，杜詩學之研究層出不窮，其首要之功便是蒐輯與注釋，無論在輯佚或箋釋上均有豐碩之成果，其卷帙之繁，種類之多，校訂之細，箋注之詳，後代恐無出其右者；而當時以朱子爲導的篤實道統籠罩文壇，在思欲掙脫傳統的文體自覺下，隨筆評點之論便應運而生了。此種隨興式的評點肇始於歐陽修之《詩話》，雖自稱「退居汝陰，而集以資閑談」，然卻開啓了以隨筆漫談批評方式論詩之風氣。至南宋劉辰翁（西元 1232～1297）始完全擺脫宋人注杜的煩瑣附會，轉而致力於杜詩的評點，下啓元明箋註評點杜詩之風。

　　在元明以後的詩文評點之中，往往隱含了豐富的詩文評論。例如王夫之雖有《薑齋詩話》，但對歷代詩人詩作的具體批評，卻更多在其選集《古詩評選》、《唐詩評選》、《明詩評選》之批語之中見到。至清代，錢謙益又開啓史學論杜之風潮，浦起龍、仇兆鰲、楊倫等皆有

精闢著作。然而，諸文學批評史的作者卻只注意到錢注杜詩的重要性，但對為數眾多的箋注評點杜詩之作，少見提及，尤其對首開評點杜詩之舉的劉辰翁更略而不提，只將之劃歸為遺民詩人之列，杜詩評點之濫觴實有重新探究的空間。

辰翁畢生評點詩文及諸子語等多達十三種，其中唐宋詩集便佔十種之多，而杜詩評點尤為杜甫最早的批注選集，繼之有元人陳與郊《杜律注評》、郭正城《批點杜工部七言律》等著作以效尤，手法雖失之含糊籠統，但辰翁此具有開創性的意義，則是無庸置疑的。

以今日觀之，評點箋注隨處可見，毫不足奇，然細究辰翁何以會在當時一片輯校注釋杜詩之聲浪中，揚棄一般人慣有手法，注意杜詩校釋以外的旨趣，並加以實際運用在詩文賞評之中，便成為一項耐人尋味的問題了。學界對於劉辰翁大多只注意到他的南宋遺民身分，或者對於他的詩、詞創作饒有興味，但鮮少有文獻較大量地針對劉辰翁的評點著作加以研究，台灣大學 1983 年碩論《劉辰翁文學批評研究》，﹝註1﹞雖對其作品有全面性的探討，但對於評杜這一部分卻仍有許多討論空間，故本論文擬就劉辰翁評杜的現象、得失、旨趣作深入的探究。

第二節　研究方法

評點一事，由其肇始而至於詩文評點，乃至於小說、戲曲，有其傳承，且代表了文人對所評點之經典的重視程度。本論文先為「評點」釋名，並探討相同表相中其內在意義的衍化：對「評點」一詞諸來龍去脈釐清之後，繼之著眼於辰翁本身，其生平與他為何從事評點有關，而其浸潤儒、釋的學養亦與他從事評點時採用的漫批手法有關。其一生評點之詩文繁多，但以評點杜詩對杜詩學而言最具重大意義。

探究辰翁為何以評點手法面對杜詩，除了辰翁自身的文學素養使

﹝註1﹞中村加代子：《劉辰翁文學批評研究》，台灣大學 1983 年碩士論文。

然外，南宋末年文壇之中論詩風氣的興盛，亦是促使辰翁採取這樣率意自道的手法之原因；然而這樣的無心插柳，卻爲杜詩學帶來莫大的意義。綜觀南宋之前有關杜詩集注之選本相當多，各家競爲詳注，繁瑣之至，辰翁此本一出，創立漫批典範，具有開啓後進之功。另外，辰翁評杜的方式概括「別有會心」的靈悟，便得探討其自身與當代對禪學的接受程度，並將當時文壇習用的「以禪喻詩」與辰翁評杜的方式作一番比較，進而瞭解辰翁何以要援用導人靈悟的心法來評點杜詩。

至於辰翁評杜內容方面，雖雜瑣無章，但條析其二十卷評杜之作後，庶幾可尋繹出數則理路，從對杜詩的整體評價、闡發杜詩意蘊、抒發個人胸臆、不依註解、自然風味的品賞諸方面，可以一窺辰翁的鑑評觀念，在於熟翫詩文之後，發之以率意自道、隨意紀實；進而並對辰翁評杜之作進行評論，察其評杜之中流露的文學觀念。

對於辰翁對杜詩學啓後有功的創見，向來褒讚者有之，訾議者亦不在少數，然無論如何，辰翁評杜的形式或觀念影響後來的杜詩學甚鉅，據《杜集書錄》所載，明清以來標名爲批杜之著作便有一〇三本之多，〔註2〕據《杜集書目提要》，明末清初評杜者另有沈德潛《讀杜偶評》、仇兆鰲《杜詩詳注》等，這些研究不同於元明偏重於選注、評點之著，大有百花齊放之姿，成果纍纍。〔註3〕明末金聖嘆列杜詩爲六大才子書之一，將之推展到另一嶄新的研究境界。因此藉由以上的探討，試圖爲辰翁對杜詩學的成就作一定位。

〔註2〕參周采泉：《杜書集錄》（上海：上海古籍出版社，1986年），其卷九：〈輯評考訂類：批點彙評之屬〉所列書目，便達一〇三本。
〔註3〕參鄭慶篤、焦裕銀、張忠綱、馮建國編著：《杜集書目提要》〈前言〉（濟南：齊魯書社出版，1986年），頁2～3。

第二章　中國詩歌評點的源流

　　在中國文學的領域裡，詩歌無疑是最早出現的文學作品。早在先秦時代，《詩經》便記錄了大量先民吟詠歌誦的歌謠，無論是農忙秧歌、里巷小調、男女思情等，皆爲「氣之動物，物之感人，搖盪性情，形諸舞詠」之作。其後無論四言、五言、近體詩乃至凡包括「文」與「筆」的文學作品，都可說是肇基於詩歌。因此可說中國的文學理論建立在詩歌創作的基礎之上，換言之，乃在詩歌作品中，尋繹其理論，作爲檢視作品與文學評論的尺度。朱自清在〈詩言志辨〉中說：「我們的文學批評似乎始於論詩。」〔註1〕由於可見詩歌在中國文學理論中所佔的份量是相當重的。

　　仔細推究，「文學批評」並非中國固有的名詞，在五四之後新舊文學分途，它才由西洋傳來。由於它不像中國學術用語的模糊，似乎更能傳達今日「討論文學原理問題，評析文學作品與作品的著作」之指涉，因而沿用至今。〔註2〕然而，更較能代表我們傳統的詩歌批評

〔註1〕參〈詩言志辨〉，收入朱自清：《朱自清古典文學論文集》（上海：上海古籍出版社，1980 年），頁 189。

〔註2〕羅根澤云：「中文的『批評』一詞，既不概括，又不雅馴，所以應當改名『評論』。」參氏著《中國文學批評史》（台北：學海出版社，1990 年），頁 7。故「文學批評」一詞，羅根澤認爲應改爲「文學評論」，方足以括示文學裁判、批評理論及文學理論之涵義。

者，應為「詩文評」，而有自覺並大量創作的詩文評便是起於宋代的「詩話」。這種詩話形式的評論，由宋歐陽修《六一詩話》和司馬光《續詩話》始，至宋元祐時期江西詩派、宋紹興時期的四靈及江湖詩派，「詩話」已儼然成為一種流行的文體。在這種隨筆形式的詩話中，結合了漢代的箋注解釋及唐代的詩學理論，內容日益精富，如張戒《歲寒堂詩話》、嚴羽《滄浪詩話》、葛立方《韻語陽秋》、胡仔《苕溪漁隱叢話》等，對於詩、詞、散文之評論都有長足影響。但由「詩文評」列於《四庫全書總目》集部之末來看，可見得這種屬於中國的文學批評方法，在古代仍被視為小道。

《四庫全書總目提要·詩文評類一》云：

> 勰究文體之源流，而評其工拙；嶸第作者之甲乙，而溯厥師承，為例各殊。至皎然《詩式》，備陳法律；孟棨《本事詩》，旁採故實；劉攽《中山詩話》、歐陽修《六一詩話》，又體兼說部。後所論者，不出此五例中。〔註3〕

依《四庫提要》所區分，詩文評可為五類：究文體源流而評其工拙；第作者甲乙而溯厥所承；備陳法律；旁采故實；體兼說部。可說是內容繁富，包羅極廣，或寥寥數語或長篇大論，有的僅憑為人作序跋或墓誌銘，便可評議作品、討論詩文。正因其所旁涉範圍太廣，因此，中國歷代不乏產生歸類的混淆。〔註4〕又如《四庫提要》〈詩文評類一〉便舉二例：

> 《隋志》附總集之內，〔註5〕《唐書》以下則並於集部之末。〔註6〕

〔註3〕參《四庫全書總目提要·詩文評類一》，台北：藝文印書館，1979年。

〔註4〕如《宋史·藝文志》列曾季貍《艇齋詩話》、蘇軾《東坡詩話》於「小說家類」中。中華書局《四部備要》本，卷二○六。

〔註5〕《隋書·經籍志》將《文心雕龍》列入總集類，卷三五，中華書局《四部備要》本，1973年8月。

〔註6〕《新唐書·藝文志》於集部之末又別立「文史類」，昭明太子《文選》、元結《篋中集》、殷璠《河嶽英靈集》皆在其中。並將《文心雕龍》、《詩評》、畫公《詩式》五卷《詩評》三卷，俱入總集類。卷六○，

但即使是《四庫全書》別立了〈詩文評〉類，在歸類上亦有不能概括的遺憾。因此，傳統上對「詩文評」的界定非常模糊，更遑論為名詞作一番釐清了。

　　傳統以來對總集的重視比詩文評更高，詩論往往寓於總集之中。事實上，選集之中的「評點」，在實際批評上發揮的效果，遠甚於漢代以來的箋注，可說是一種中國文學特有的文學評論方式，起初是附麗於選集而來，不但逐行逐字以丹黃標以圈點，標旄題旨、典故、援引前人之評語以為佐證，並隨時附注評者的分析、闡釋與見解，能夠針對本文作實際批評，所關注的是文學作品本身的權威性，是一種極為徹底的研讀。所以，選集中的「評點」，應可視為中國文學評論的重要一環。

　　評點出現的年代極早，至明清一代評點箋注詩文之作更是大量出現，遂進一步運用於小說，使有清一代之小說評點蔚然成風。

　　本章節先對「評點」一詞的來源加以考述，並闡述中國詩歌評點之起源及其發展現象。

第一節　「批」、「評」、「點」釋名

　　「評點」或作「批點」，無論是「批」或「評」，都有批評、指瑕、玩味、鑑賞之意味。在中國過去的典籍中曾經單獨出現，但二字極少運用。

　　有關「批」字最早在文獻之披露，《左傳》莊公十二年云：「批而殺之。」《玉篇》「摠」字下引作：「摠而殺之。」考《說文》無「批」字，但有「摠」字，釋曰：「摠，反手擊也。」故推知「摠」為「批」之正字，其義為「反手擊」。演變至今，可以解釋為具有針對文字或作品予以抨擊（反手擊）之意。

　　「評」字古作「平」。《說文》無「平」字，在言部「訂」字下云：「訂，評議也。」知「平」、「訂」皆具有評價之意。鍾嶸之《詩品》

中華書局《四部備要》本，1975 年 2 月。

在《梁書‧鍾嶸傳》及《隋書‧經籍志》即作《詩評》，《南史‧鍾嶸傳》云：「品古今詩爲評。」另外，《詩學指南》謂宋代僧人桂林淳大師著有《詩評》（《直齋書錄解題》列「文史類」）、《直齋書錄解題》謂宋人夏侯籍有《詩評》一卷（今佚），由此，「評」字均含有品藻作品高下、指陳優劣之意。

而「點」呢？據宋代重修的《廣韻》云：「點，點畫」，唐《寫本切韻》、五代王仁昫《切韻》皆然。而早期的《爾雅》云：「滅謂之點」，郭璞注：「以筆滅字爲點。」可見漢代謂以筆滅字爲點，唐宋以點爲用筆點畫。大抵在詩文關鍵處爲長劃，警策之句處是短劃，今可見之明刊本《精選陸放翁詩集》內便有長劃和圈（據《四部叢刊》影印本）。後來之長劃又蛻化爲點，點又蛻化爲圈，故有「圈點」之謂。葉德輝云「廬陵須溪劉辰翁批點皆有墨圈點注」，〔註7〕惜今不復見。

無論是「批」、「評」、「點」在文獻中始初之意義，絕對與今日我們所認識的意指有所不同。今所稱「評點」又稱「批點」，乃指一方面在詩文關鍵處或警策之句施以圈點抹畫，藉著圈點抹畫使讀者能對詩文重要處一目瞭然；另一方面在其圈點抹畫之旁或頁眉寫下對詩文的分析、看法，或於詩文之末再作一總評。若寫在作品之「天頭」（闌上），便是眉批；寫於句旁，是爲「旁批」；註明於篇末，便是「尾批」；若表明於題下，便是「題下注」。批者多是針對詩文之句提出意見，少則一字，多至數百字，批語有獨抒己見，亦有援引他處之文字以代之；或者批者不願多言，便以字旁加圈或點表示。

批註者常用圈點來表示他們對於作品的意見，但批評者態度不一，有的認爲應小心行之，如宋犖批杜詩〈北征〉云：「此詩尋味所不能窮，讚美所不能盡，濫加圈點，便成蛇足。」〔註8〕有的認爲圈點雖不足貴，但亦有其運用上的價值，如楊倫《杜詩鏡詮》云：「詩

〔註7〕見葉德輝：《書林清話》卷二，〈刻書有圈點之始〉（台北：文史哲出版社，1973年12月），頁86。

〔註8〕見盧坤輯：《五家評本杜工部集》卷二頁11下，清道光刊本。

貴不著圈點，取其淺深高下，隨人自領，然畫龍點睛，正使精神愈出，不必以前人所無而廢之。」〔註9〕浦起龍《讀杜心解》亦云：「書有圈點鉤勒，始自前明中葉選刻時文陋習。然字裡行間，觸眼特爲爽豁，故傲而用之。」〔註10〕然而，多數評點者皆不明確表示其批註之含意，時而加點、畫豎線，時而雙圈，〔註11〕在於評點者的習慣，往往亦造成後人辨識及解讀上的不易。但無論如何，評點的作用在於導引讀者對作品本身的了解，對於作品意蘊的闡發，以及讀者的賞析能力，仍有啓發的效用。

第二節　中國詩歌評點的起源及發展

　　有關評點的出現，朱自清在〈詩文評的發展〉一文中提到：

> 評點大概創始於南宋時代，爲的是給應考的士子揣摩；這
> 種選本一向認爲陋書，這種評點也一向認爲陋見。可是這
> 種書漸漸擴大了範圍，也擴大了影響，有的無疑的能夠代
> 表甚至領導一時創作的風氣，前者如宋末方回的《瀛奎律
> 髓》，後者如明末鍾惺、譚元春的《古唐詩歸》。〔註12〕

這一段話中，透露了三點訊息：

　　一、評點大量並正式的出現，則應在宋無疑。

　　二、詩文評點的出現，與當時「取便科舉」的實用性質有很大的
　　　　關係，下文將另行說明此點。

〔註 9〕參楊倫：《杜詩鏡銓》（台北：藝文印書館，1978 年），頁 26。

〔註 10〕參浦起龍：《讀杜心解·發凡》（台北：大通書局，1974 年），頁 10。

〔註 11〕「加點」如王愼中評杜詩〈憶昔〉二首云：「二詩高下優劣，判然不同」（《五家評本杜工部集》卷五頁 17 下）第二首字句之旁有加點，第一首則無，可知王氏以第二首爲優，前一首爲劣。「豎線」如王氏批杜詩〈奉郭給事湯東靈湫作〉中之「君來必十月」之旁加豎線，並批云：「決不可如此下字。」知王氏以此句爲拙句。「雙圈」必宋舉批點杜詩〈贈衛八處士〉之詩題上即畫兩個圈，並於欄上說明白：「此等詩爲少陵絕作，恒赫千古，正無庸摘句稱佳，特於題上著兩個圈以識之，後放此。」（《五家評本杜工部集》卷五頁 10 上）

〔註 12〕參《朱自清古典文學論文集》，頁 548。

三、評點一事，在剛出現時，並未爲文學自覺而作，然經部分
　　人士的有意創作，卻促使這種作品解讀方式蔚爲一股風
　　氣。

一、評點的起源

（一）品藻、評騭作品

有關於「評點」、「批點」出現的年代，清章學誠《校讎通義》
曰：

> 評點之書，其源亦始鍾氏《詩品》、劉氏《文心》；然彼則
> 有評無點，且自出心裁，發揮道妙；又且離詩與文，而別
> 自爲書，信哉其能成一家言矣。〔註13〕

依章氏之意，齊梁間劉勰的《文心雕龍》及鍾嶸的《詩品》是評點之
作的始祖。劉勰《文心雕龍》論文敘筆，明白揭示「文之樞紐」，雖
有「評」但無「點」；而鍾嶸《詩品》除了品評了一百二十位詩人之
外，目的也在藉此建立一詩論，並未對漢魏之詩進行「點」的方式。
嚴格說來，彼二書只評而未點，不能算是完整的評點之作；況且爾後
文人的批評注意力分散於各選集及詩話中，仍將評點視爲雕蟲小技。
章學誠對於此二書影響所及之專注評點而忽略作者韻致深義，頗不以
爲然，他接著說：

> 自學者因陋就簡，即古人之詩文而漫爲點識批評，庶幾便
> 於揣摩誦習；而後人嗣起，囿於見聞不能自具心裁，深窺
> 古人全體，作者精緻，以致相習成風，幾忘其爲尚有本書
> 者，末流之弊，至此極矣！〔註14〕

可見得時風只將評點視爲文章寫作技巧的傳授，並未因翫味評點而探
究作者旨趣所在。不過在此章氏提出了一個很好的觀點：

> 《史記》百三十篇，正史已登於錄矣。明茅坤、歸有光輩，

〔註13〕章學誠《校讎通義》，收入《文史通義等三種》（台北：河洛出版社，
　　　　不著出版年），頁231。
〔註14〕同前註。

> 復加點識批評，是所重不在百三十篇，而在點識批評矣，
> 豈可復歸正史類乎？謝枋得之《檀弓》、蘇洵之《孟子》、
> 孫鑛之《毛詩》，豈可復歸經部乎？凡若此者，皆是論文之
> 末流，品藻之下乘。〔註15〕

章氏認為，經過評點之典籍，不應再以其原本性質而歸類，應另行附於文史評下，才不失論辨流別之意義。此種觀點，以今日觀之，頗具有辨章學術、考鏡源流的涵義。

根據文獻，「批」之體制，至少在魏晉時已出現，在朱晨編之《古今碑帖考》中，晉王獻之帖下註云：

> 有柳公權批，國清僧狀跋。〔註16〕

這裡的「批」字，猶如評語之意，《後漢書・許劭傳》：

> 初劭與靖俱有高名，好共覈論鄉黨人物，每月輒更其品題，
> 故汝南俗有月旦評焉。〔註17〕

此指在南北朝作品中，便已見到具有評價文字意味的字句，初指魏晉清談人士之品藻人物，後援引作為對作品之評價，前所述及鍾嶸《詩品》或作《詩評》，亦可證之。

在唐宋之際又稱「點勘」，是隨己意的批評，韓愈之〈秋懷詩十一首〉云：「不如覷觀文字，丹鉛事點勘。」在《韓昌黎詩繫年集釋》下有《廣雅釋詁》：「覷，視也。」《文選・吳都賦》劉逵注：「丹，丹砂也。」《說文新附》：「勘，校也，從力，甚聲。」〔註18〕大抵是在詩文重要處旌以丹鉛抹畫，惜已亡佚，未能一窺全貌。

唐代劉蛻之《文泉子集》卷三〈文家銘〉中有「朱墨圈」之謂；刻本始有圈點標注的，葉德輝云始於宋中葉之後：

> 刻本書有圈點，始於宋中葉以後，岳琦九經三傳沿革例，

〔註15〕同前註。

〔註16〕朱晨編、胡文煥校：《古今碑帖考》，《景印岫盧現藏罕傳善本叢刊》，台北：商務印書館，1973年12月。

〔註17〕《後漢書・許劭傳》卷九十八，《四部備要》本。

〔註18〕見錢仲聯編：《韓昌黎詩繫年集釋》（台北：學海出版社，1985年）頁552～553。

有圈點必校之語，此其明證也。〔註19〕

由此，可見此時批點、評點漸漸擺脫對人物的評價，轉而注意到文字作品的內容。

（二）取便於科舉

唐宋兩代，科場每爲士人晉身榮祿之所，這種現象，並且沿續到清末，因而有心科舉之士，莫不競相揣摩。《四庫提要》云：

> 宋人讀書，於切要處率以筆抹，故《朱子語類》論讀書注云：「先以某筆抹出，再以某筆抹出。」呂祖謙《古文關鍵》、樓昉《迂齋評注古文》，亦皆用抹，其明例也。謝枋得《文章軌範》、方回《瀛奎律髓》、羅椅《放翁詩選》，始稍具圈點，是盛於南宋矣。（《蘇評孟子》二卷）

評點在南宋興盛，作用是「取便科舉」，也就是爲了提供應考的士子揣摩之用，他們藉由評注者之析評，闢出一條賞詩之道，亦爲一份實用的導引，類似今日之參考書，與《昭明文選》之輯成有異曲同工之妙。如今可見最早之古文評點書籍，如呂東萊之《古文關鍵》、樓昉《崇古文訣》、謝昉得《文章軌範》等古文範本，都是爲士子取便科舉之用。其中以呂東萊之《古文關鍵》爲較早，張雲章《古文關鍵·序》云：

> 有宋一代，文章之事盛矣，而集錄古今之作，傳於今者僅三四家，夫亦以得其當者鮮哉！眞西山正宗謝疊山軌範，其傳最顯，格制法律，或詳其體，或舉其要，可爲學者準則。而迂齋樓氏之標注，其源流亦軌於正。……以余考之，是三書皆東萊先生開其宗者。〔註20〕

可見是書下啓諸古文選本評點之作。又其序云：

> 觀其標抹評釋，亦偶以是教學者，乃舉一反三之意。且後卷論策爲多，又取便於科舉，原非有意採輯成書，以傳久

〔註19〕見葉德輝：《書林清話》卷二，〈刻書有圈點之始〉，頁85。

〔註20〕參〔宋〕呂祖謙：《古文關鍵》卷一，張雲章序。（台北：藝文印書館，1966年，《百部叢書集成初編》95輯，《金華叢書》第32函，據清同治胡鳳丹輯刊《金華叢書》影本）

遠也。〔註21〕

可見批註評釋是起因於取便科舉，也因著眼於科舉而成書，亦無工拙可論。在眾多評點選本中，南宋劉辰翁可謂真正能擺脫一般評點為科舉而設之目的，專以詩文評點為成書之旨者。葉德輝云：

> 劉辰翁，字會孟，一生評點之書甚多。同時方盧谷回，亦好評點唐宋人說部詩集，坊佔刻以射利，士林靡然向風。有元以來，遂及經史。……有句讀圈點，大抵此風濫觴於南宋，流極於元明。……因是愈推愈密，愈刻愈精。〔註22〕

足見元明之後，評點之風益盛，尤其劉辰翁運用印象式批評手法於杜詩之評點，對於元明以後漫批詩詞之風具有開創性之意義，有關此點將於第七章再予詳探。

　　至於何以當時能專為舉業下如此大之工夫，聲名利祿固為一大誘因，但若更一步探討，與宋代文壇彌漫的道學家風氣似亦有關，下文將進一步闡述。

（三）理學家的支持

　　中國文學自宋朝之後，無論詩餘之體盛行，或是小說戲曲的發展，在在都顯示了語言特點逐漸發揮，但是受到復古風氣的影響，傳統文學在形式上並無特別的創新，相對地針對前代文體產生了許多「法」，如江西詩派的「無一字無來歷」、「奪胎換骨法」，加以宋代理學昌明，理學巨擘如朱晦翁、程伊川等，無不帶動文壇濃厚的道學意味。受朱子影響甚深之真德秀，所著《文章正宗》堪稱應制重要書籍之一，其綱目云：

> 正宗云者，以後世文辭之多變，欲學者識其源流之正也。………夫士之於學，所以窮理而致用也。文雖學之一事，要亦不外乎此。故今所輯以明義理切世用為主。其體本乎古，其指近乎經者，然後取焉。否則辭雖工，不錄。〔註23〕

〔註21〕同前註。
〔註22〕見葉德輝：《書林清話》卷二，〈刻書有圈點之始〉，頁85～86。
〔註23〕參〔宋〕真德秀：《文章正宗》〈綱目〉，收入王雲五主編《四庫全

此書在文學批評史上佔有重要影響，其「明義理切世用」爲主的道學家觀念，正足反映有宋一代之「文」附麗於「道」的現象。凡專論評點之文只有藉由應制之選集得見，故而道學家儘管輕視文事，但在科舉制度下又不可能將文盡廢，於是二者相互搭配，並行不悖。

在《文章正宗》出現之前呂祖謙已編有《宋文鑑》，而首輯總集加以評點的，在古文而言始於呂祖謙之《古文關鍵》，此書亦爲樓昉《崇古文訣》之所出，不同的是取材稍廣，闡發較精而已，終究亦有應制之作。姚瑤序《崇古文訣》云：

> 文者載道之器，………夫能達其辭於道，非深切著明，則道不見也。此文之有關鍵，非深於文者，安能發揮其蘊奧而探古人之用心哉！〔註24〕

認爲必須對古文意蘊作深切著明的體會，方能探求古人之用心。這顯示了道學家對評點之學的觀點。

至於「評點之學」名稱的出現，在曾國藩之《經史百家簡編序》論評點之流變中，首度將之視爲一門學問，曾氏曰：

> 自六籍燔於秦火，漢世掇拾殘遺，微諸儒能通其讀者，支分節解，於是有章句之學。劉向父子勘書秘閣，刊正脫誤，稽合同異，於是有校讎之學。梁世劉勰、鍾嶸之徒，品藻詩文，褒貶前哲，其後或以丹黃識別高下，於是有評點之學。〔註25〕

此處雖未對評點之學的發展作一明確說明，但四字連用，且將之與章句、校讎之學並列，可見得它已奠定正統地位。

評點之風所以能夠在有宋一代漸蔚成形，與宋人對注釋繁瑣的反動及文體本身的自覺有關，可以說是這是支持評點式批評法並沿續至元明文學批評的主要原因。

書珍本十一集》（台北：台灣商務印書，1981 年），頁 1。

〔註24〕 參〔宋〕樓昉：《崇古文訣》，收入《文淵閣四庫全書》第二九三卷〈總集類〉（台北：台灣商務印書，1983 年），1354 卷，頁 2。

〔註25〕 參〔清〕曾國藩撰、李瀚章編校：《曾文正公（國藩）全集：經史百家雜鈔·經史百家簡編》（台北：文海出版社，1974 年）頁 11640，收入沈雲龍主編《近代中國史料叢刊》續集第一輯。

二、評點的發展

　　自從辰翁創爲漫批之後，後繼者有之，然亦不少屬依樣畫葫蘆者，導致內容支裂破碎；明歸震川頗致力《史記》、《道德經》之評註，影響及於有清一代，譬如桐城派諸人如方望溪、方東樹、吳汝綸等皆有不少評點之作，其範圍不限古文，經史子集四部莫不評點，於史傳尤所措意。另外，曾文正公平生丹黃不釋手，所評點之書亦近百家。〔註26〕

　　由詩與古文的評點，進而至小說評點，是明代中葉之後的事。由於明代小說的繁盛，數量豐富，也促使了小說理論與批評的發展，小說評點亦應運而生。無論在質與量上都有佳作，對於小說的正面社會意義、情節安排、形象塑造乃至藝術特色，探討極爲仔細。明末金聖嘆的評點更展現了小說評點藝術的成熟，與毛宗崗評點《三國演變》、張竹坡評點《金瓶梅》、脂硯齋評點《紅樓夢》，堪稱中國小說史上的四大評點。時人能爲小說戲曲用心評點，這代表了其地位的大幅提升，文壇上不再是以古文與詩評擅場，呈現了多元化的藝術空間。

　　研究中國詩話詞話者，皆不得不承認，自北宋《六一詩話》至清末的《人間詞話》，其中有大量的作品是屬於雜漫無序的隨筆，如袁枚《隨園詩話》、嚴羽《滄浪詩話》中〈詩評〉的部份、謝楨《四溟詩話》、王士禎《漁洋詩話》………等，雖然其中亦有如此沈德潛《說時晬語》、王灼《碧雞漫志》、陳廷焯《白雨齋詞話》等結構井然、條判分明之作，但大部分皆不企圖作系統陳述，其批評用語更是朦朧抽象，這也是中國批評術語之義蘊不易界定之處，因此近來不少學人爲文闡析；〔註27〕而評點一事，在有宋一代大量出現後，辰翁擺脫形而

〔註26〕參〔清〕曾國藩編、王有宗評注、費有容校訂：《評點音注十八家詩鈔》，上海：商務出版社，1919 年。

〔註27〕如沈謙《期待批評時代的來臨‧文學批評的層次》中引夏志清、顏元叔之論戰，以及黃維樑〈詩話詞話和印象式批評〉（收入《中國詩學縱橫論》，台北：洪範出版社，1986 年 11 月），皆有精闢闡析。

下的言詮，運用於杜詩評點，使得元明以後論及評點，亦與這種隨興漫談之詩話相似，純作直觀式的批抹。推原起來，評點或詩話詞話之作，應是一種「高度成熟的文學人圈子裡的珍貴閒談」，〔註28〕正因為對象是高度成熟的文學人，故不勞瑣細的詳解，只消對詩文內容略施指點便可，故所批示的內容泰半停留在印象式的見解，供士人茶餘飯後的賞味，前述之《隨園詩話》等便是。

論及這種批抹方式，張健在《中國文學批評》將中國幾種習用的批評方式予以分類，其中：

> 印象法——這是中國傳統文學批評最常用的方法。批評家全憑主觀的好惡，閱讀文學作品而獲得某些印象，然後用直陳或譬喻的方式表達出來。……顯著運用此法而較有成績者，有劉辰翁、鍾惺、譚元春、歸有光、金聖歎等，……所謂的評點法、眉批法，均可歸屬於此類。〔註29〕

印象主義批評（Impressionisic Criticism）本是英國十九世紀末，由佩特（Walter Pater）和王爾德（Oscar Wilde）為代表的批評法，主張批評是藝術創造，著重個人所得的印象，但是二人之著作以分析性和知性為主，與中國之詩話詞話的特質並不相類，黃維樑先生認為我國的詩話詞話「才是這種批評的正宗」，相較之下，比起印象式批評，「印象主義繪畫的風格，最能反映出印象式批評的面貌。」〔註30〕此處張健先生在這段話亦將金聖歎歸類於印象式批評中，便頗有值得商榷之處。因為明末金氏運用評點於小說戲曲，在其《金聖歎尺牘》〔註31〕中，是以「分解說」來解六大才子書，可說已脫離了評點在元明以來

〔註28〕陳世驤語，參古添洪譯：〈論詩：屈賦發微〉，《幼獅月刊》，四五卷二期。原文意指詩話，此處借用其意。

〔註29〕見張健：《中國文學批評》第一章〈中國文學批評的方法〉，（台北：五南出版社，1984年），頁19。

〔註30〕黃氏云：「與印象主義繪畫相較，可發現不管是初步還是繼起的印象，都是『重自然感悟而排理性思考』的」，見〈詩話詞話和印象式批評〉，頁10。

〔註31〕參鐵琴廔編：《金聖歎尺牘》，台北：廣文書局，1989年。

的手法，不但未以直觀式的印象語交代意見，更進一步採用「起承轉合」的形構分析手法來評點小說戲曲，純以作品結構爲著眼點，方法接近於西方之形式批評（formal criticism）。〔註32〕

　　如今國內的批評家不斷引進西洋的批評方法，如：新批評、記號學、結構主義、現象詮釋等林林總總的名目以檢視中國的古典文學，而國外的批評家卻對中國的批點式批評產生了興趣，金聖嘆、毛宗崗等在國外成爲熱門討論對象，〔註33〕如何調和及適應，找到其應有的詮釋定位，當是研究者可努力的方向。

〔註32〕形式批評（formal criticism），據顏元叔編：《西洋文學辭典》釋之爲：「依作品所屬之類型（genre）的諸特點，而檢視作品的批評方法。」（台北：正中書局，1991 年 9 月），頁 319。此處之比較，吳宏一與簡恩定俱有專章論述，分別見吳宏一：《清代詩學初探》（台北：牧童出版社，1977 年），頁 155～163；簡恩定：《清初杜詩學究》（台北：文史哲出版社，1986 年），頁 22～28。

〔註33〕詳見夏志清：〈中國小說、美國評論家〉，《中國時報》1983 年 12 月 30 日至 1 月 4 日。

第三章　劉辰翁之生平、學養與著作

第一節　辰翁之生平

　　辰翁字會孟，號須溪，[註1] 南宋廬陵（今江西吉安）人。生於宋理宗紹定五年（西元 1232 年），卒於元成宗大德元年（西元 1297 年），享壽六十歲。其生平大致可分爲居家苦學、出遊仕宦及遺民生涯三個時期，遍歷人生之得失升沈，此與當時政治環境亦有莫大的關係。

　　大抵歷代政治的興衰，率多繫於是否君聖臣賢，不幸的是，辰翁所處之時即是君主無能、權臣專橫的局面。自宋室南渡之後，歷任君主即採「求和自存」政策，遇事缺乏決斷魄力，而將國事交付權奸，其中尤以理宗、度宗爲甚，[註2] 過分寵信佞臣賈似道，置邊事於不顧。賈似道乃因「其姊入宮，有寵於理宗」而發跡，專以苛政擾民，

〔註 1〕據周采泉著：《杜書集錄》（上海：上海古籍出版社，1986 年）云：「須溪之須，應從水作湏，湏讀爲誨，通顝，明刻作湏不誤。此說得之辛心禪（際周）丈，丈爲西江人，當有所本。」頁 94。明本之《須溪批點選註杜工部詩》即題作「湏溪先生劉會孟評點」。今之通行本均作須，似乎沿誤已久，故仍從舊。

〔註 2〕《宋史・度宗本紀贊》謂度宗「拱手權奸，衰敗寖甚」（卷四十六），《續資治通鑑》亦云「宋敗亡之故，悉由誤用權奸」（卷一八三）。

同時朝中群臣亦力陳其害,但不僅理宗不為所動,到了度宗時期更對之禮遇非常,認為「師相豈可一日離左右」。〔註3〕這種親小人遠賢臣的措施,因而使外族有隙可乘,而將南宋拱手讓人。

　　辰翁出生之前一年(西元 1231 年),正逢北方新興蒙古民族遣使,至宋欲商聯合伐金之議,理宗不知其中利害,只圖以夷制夷,殊不知脣亡齒寒之理;二年後,金朝雖亡,南宋不僅未收復北方失地,中原反而淪入蒙古民族鐵蹄之下。不久蒙古大舉南侵,南宋始終處在被動情勢,長期飽受外族的凌掠,政治衰微,民不聊生。辰翁便成長於這樣的環境之下。據辰翁自述云:

　　　　余年七、八,與西家二三兒共受書屬對於鄰城曾深甫。〔註4〕

　　　　余七、八歲時,表氏抱余學。〔註5〕

可以見出辰翁幼年體弱多病,七八歲時仍必須被抱著去就學,當時啟蒙恩師是曾深甫,所學僅止於「受書屬對」之類。

　　十歲時,辰翁之父去世,〔註6〕失怙的悲哀對之造成不小的打擊,故日後對其子劉將孫頻頻提及。〔註7〕辰翁之父早年所交往皆名儒之士,拜當時大儒黃宗魯為師,以叔豹為友,〔註8〕嚴謹家學使其濡染向學之志,於十三歲時「以童子試縣學堂上」,〔註9〕為求取功名的初步嘗試。

　　淳祐十一年起(西元 1251 年),辰翁出門遊學,入白鷺洲書院,

〔註3〕參〔清〕畢沅:《續資治通鑑》,卷一八〇,台北:藝文印書館,1956年。

〔註4〕見劉辰翁:《須溪集》卷三,〈本空菴記〉(台北:台灣商務印書,1973年),收入《四庫全書珍本》第四集。

〔註5〕《須溪集》卷七,〈蕭壽甫墓誌銘〉。

〔註6〕《須溪集》卷三,〈本空菴記〉:「先人死,吾十歲」。

〔註7〕見劉將孫《養吾齋集》卷十六,〈松坡趙公祠堂記〉:「每憶先君子,言往失父,……有受而祠者,感德志善,不能忘是也。」(台北:台灣商務印書,1983年,據國立故宮博物院藏本影印),頁146。

〔註8〕《須溪集》卷三,〈本空菴記〉:「盧陵之南,須山之北,有大儒先生曰黃宗魯,其子為叔豹。吾先人師宗魯而友叔豹。」

〔註9〕《須溪集》卷三,〈盧陵縣學立心堂記〉。

受教於歐陽守道〔註10〕門下，優異的表現令守道「大奇之」，〔註11〕對之極力栽培，這對於辰翁的日後學植有深刻影響。歐陽守道乃宋代大儒，人稱巽齋先生，思想乃承繫朱子而來，〔註12〕治學律己甚嚴，辰翁對於巽齋先生之高風峻節頗為推重，曾云：

> 巽翁先生無位而一食三歎，無食而急人朝飢。……前年吾鄉旱既甚，大家逆勸分閉餘粟，冬春無所得，……于時巽翁流涕解衣易米，更相為粥，以食餓者。〔註13〕

由此可見歐陽守道仁人胸懷，〈巽齋學案〉及《廬陵縣志》皆稱其「年未三十，翕然以德行為鄉郡儒宗」，良有以也。清厲鶚另有一說辰翁少登陸象山之門，〔註14〕未知是否據辰翁所作〈黃純父墓誌銘〉：「君自謂出處與余同，謂此自其父得聞象山之學。」聊備於此。

　　在巽齋門下，辰翁因此結識一批忠義之士，如文天祥、鄧光薦，以及其後追隨之江萬里，皆為忠愛鯁介之人。儘管日後宋祚覆亡，都能藉著昔日的相互砥礪，而弘揚了民族氣節與遺民操守。明陳繼儒讚辰翁之為人云：

> 蓋殿講歐陽巽齋之弟子，信文文山之友，文忠江萬里之幕客也。文文山謂巽齋之門，非將即相，又有與架閣會孟書，視其師友，先生故是磊落忠孝人。〔註15〕

〔註10〕歐陽守道，吉州人，名巽，字公權，一字迂父，人稱巽齋先生。《宋史》卷四一一、清修《廬陵縣志》卷三十一〈儒林類〉、《宋元學案》卷八十八〈巽齋學案〉皆有傳。

〔註11〕《宋季忠義錄》及《廬陵縣志》皆著錄：「家貧力學，學秘書歐陽守道所，守道大奇之。」參〔清〕萬斯同：《宋季忠義錄》（台北：新文豐出版社，1988年），收入《叢書集成續編》第二五三卷，〈史地類〉。

〔註12〕見〈巽齋學案〉及《廬陵縣志》：「守道初升講，發明孟氏正人心承三聖之學說，學者悅服。」

〔註13〕《須溪集》卷三，〈社倉記〉。

〔註14〕清厲鶚《宋詩紀事》：「劉辰翁，字會孟，廬陵人，少登陸象山之門。」（上海：上海古籍出版社，1983年）。

〔註15〕見《劉須溪評點九種書》序，陳繼儒：《晚香堂集》卷一，收入《叢書集成三編》51〈文學類〉（台北：新文豐出版社，1996年），頁392～393）

也正因有此耿直之秉性，自然造成了他爲文義正辭嚴的忠坦，也註定了他在科舉一再受抑的命運。

理宗寶祐六年（西元 1258 年），辰翁成家有子，〔註16〕這年應鄉試貢舉，獻策「嚴君子小人朋黨論，有司忌其涉謗，擯斥之」，〔註17〕故仍補爲太學生，此時其耿直的言辭已予人深刻的印象了，時江萬里爲國子祭酒侍讀，極稱賞其文，因而網羅入幕下。

理宗景定三年（西元 1262 年），辰翁之名氣使得丞相馬廷鸞、章鑑等人皆欲「爭致諸門下」，〔註18〕但其廷試對策所言「濟邸無後可痛，忠良戕害可傷，風節不競可憾」〔註19〕影射了佞臣賈似道之專擅朝政，蔽塞言路等惡行，因而遭受不擬採錄的命運；洎奏名，幸得理宗賞識，置爲丙第。〔註20〕此二事足見辰翁關切國事、遇事直言的鯁介個性，據其自言：「吾平生觸事感憤，或急欲語不自達，雖消磨至盡，終覺激至梗塞。」〔註21〕此與江萬里峭直之個性、行徑頗類，故此亦爲辰翁甘心爲其投效的原因。之後，辰翁以親老之故，就贛州濂溪書院山長。

度宗咸淳元年（西元 1265 年），江萬里被召同知樞密院事，〔註22〕辰翁亦受萬里召請來京，並受薦宜史館，任臨安教授。辰翁十分獎勵後進，拔擢戴表元、何新之、馬鈞、陳文龍諸生，尤以陳文龍成就最爲不凡。〔註23〕

〔註16〕《養吾齋集》卷六〈遊白紵山詩〉自序：「咸淳己巳，余年十三。」故知辰翁二十七歲時劉將孫生。

〔註17〕見萬斯同《宋季忠義錄》卷十六、劉辰翁傳；《盧陵縣志》卷三十一〈處士類〉。

〔註18〕見《宋季忠義錄》：「江萬里爲祭酒，亟稱賞其文，壬戌，監試承相馬廷鸞、章鑑爭致諸門下」。

〔註19〕同上註。

〔註20〕見《宋季忠義錄》、《盧陵縣志》及《宋史翼》卷三十五〈劉辰翁傳〉。

〔註21〕《須溪集》卷五，〈送段郁文序〉。

〔註22〕見《宋史》卷四一八，江萬里本傳；又見《宋元學案》卷七十。

〔註23〕見《宋季忠義錄》：「拔四明戴表元、三衢何新之、三山馬鈞，諸

　　咸淳四年（西元 1268 年），江萬里知太平州，兼提領江淮茶鹽兼江東轉運使，〔註24〕曾以「問政何先」之語詢之，辰翁對曰：「當先拔異議遭擯者。」〔註25〕同時亦勤於著述，自言：「余年未四十，執筆數十萬言，為人役未休。」〔註26〕足見謀國之忠與寫作之勤未曾稍休。是年夏，辰翁之母病故，守喪期間南宋政局急遽危怠，且在度宗咸淳七年，蒙古民族建國為元，步步逼近南宋。咸淳八年，南宋抗元之重要據點樊城、襄陽均淪陷，其師歐陽守道卒。〔註27〕又二年，度宗駕崩，辰翁有感於家國變故，填詞之風亦轉為悲壯沈雄。

　　宋恭帝德祐元年（西元 1275 年），辰翁除母喪服，五月，丞相陳宜中薦除史館檢閱，辰翁辭而未就；十月，又除太學博士，復因道阻而辭。〔註28〕元朝以破竹之勢南下，賈似道欲以「請稱臣，奉歲幣」，〔註29〕終不敵而敗績。丙子之年（西元 1276 年）各州相繼陷落，江萬里殉國。端宗景炎元年（西元 1276 年）冬，辰翁避亂虎溪。〔註30〕元世祖至元十九年，託跡方外，隱遁不出。

　　除了歐陽巽齋的教誨外，江萬里對辰翁之知遇，對辰翁一生的影響至鉅。《宋史》評萬里曰：「先生始雖俯仰容默，為似道用，然性峭直，臨事不能無言，似道常惡其輕發，故每入不能久在位」，〔註31〕辰

生中，後皆為名進士，莆陽陳文龍魁，戊辰為德祐參政。」

〔註24〕見《宋季忠義錄》及《宋元學案》卷七十。

〔註25〕見《宋季忠義錄》。

〔註26〕《須溪集》卷三〈本空庵記〉。

〔註27〕文天祥《文山先生全集》卷十一，〈挽巽齋先生歐陽大著〉，頁 243。

〔註28〕見《宋季史義錄》、《廬陵縣志》、《須溪集》四庫提要及《須溪集》卷三〈虎溪蓮社堂記〉：「而當德祐初元五月召入館，辭未行，十月除博士，道已阻。」

〔註29〕見畢沅《續資治通鑑》卷一八一，頁 4940。

〔註30〕《須溪集》卷三〈虎溪蓮社堂記〉：「元年冬十二月，余避地虎溪。……歲晚，自永新江轉入虎溪，留虎溪三月矣。」按，自景定三年至德祐二年宋亡，辰翁仕途之梗概，可於〈虎溪蓮社堂記〉獲得印證，以補史傳之不足。

〔註31〕《宋史》卷四一八。

翁對江萬里亦有極高的稱譽，將其立身名節比之爲歐陽文忠公。〔註32〕
自辰翁三十一歲至三十八歲母守喪，一直在萬里幕下受其「攜提反覆，
於建於閩」，辰翁亦將之視爲父爲兄。〔註33〕宋亡後萬里不幸殉國死
節，辰翁兼程馳哭，祭萬里時情意眞摯，聲淚俱下，云：「我有死母，
公實葬之；我有稚子，公實獎之。」〔註34〕足見萬里對辰翁家人之照
顧無微不至。

　　此外，在交友方面與鄧光薦交情最篤，不但以詩詞互贈相和；
〔註35〕辰翁死後，光薦哀痛不已，作〈祭須溪文〉以弔之：「四十
五年如手足之情，於是乎訣。」〔註36〕可見二人情誼之深厚。

　　辰翁育有二子一女，一子名將孫，另一子名參，〔註37〕女不知
其名。將孫字尚友，頗習染父風，學者稱養吾先生，有「小須」之
稱，當時亦以文名見重於世，著有《養吾齋集》三十二卷，〔註38〕
吳澄在序中稱父子二人之文風「會孟之諔詭變化，而尚友之浩瀚演
迤」，〔註39〕各有各的特色。

　　辰翁之一生，宋史並未並傳，明代黃宗羲《宋元學案》、錢士升
《南宋書》、清代陸心源《宋史翼》、莊仲方《南宋文範》、厲鶚《宋
詩紀事》、唐圭璋編《全宋詞》，俱有辰翁小傳，惜其過於簡略，另
可於劉將孫《養吾齋集》中略見其生平言行事蹟。有關事蹟以萬斯

〔註32〕《須溪集》卷三，〈鷺洲書院江文忠公祠堂記〉。
〔註33〕《須溪集》卷六〈祭師江丞相古心先生文〉：「攜提反覆，於建於閩，
　　　　我如處女，公我父兄。」
〔註34〕《須溪集》卷六〈祭師江丞相古心先生文〉。
〔註35〕收入《須溪集》卷八至十，亦見唐圭璋《全宋詞》。據《廬陵縣志》
　　　　小傳，鄧光薦字中甫，紹定進士，辰翁與之不塡詞相答，如〈江城
　　　　子〉和鄧中甫晚春，〈洞山歌〉壽中甫、〈八聲甘洲〉和鄧中甫中秋、
　　　　〈好事近〉壽劉須溪。
〔註36〕見〔元〕周南瑞編《天下同文集》卷三十六，（台北：新文豐出版社，
　　　　1988 年），《叢書集成續編》一○五〈文學類〉。
〔註37〕見劉將孫《養吾齋集》卷十一〈須溪先生集序〉：「季弟參」。
〔註38〕見《廬陵縣志》，頁 762。
〔註39〕同前註。

同《宋季忠義錄》、清修《廬陵縣志》較詳，本篇生平之部分大致取材於此。〔註40〕

第二節　辰翁之學養

　　由辰翁生平事蹟可以得見，其立身行事無不恪守傳統儒者之規範。起初於鄉試時對策「嚴君子小人朋黨論」；後於廷試不畏忤違賈似道，力言「濟邸無後可痛，忠良戕害可傷，風節不競可憾」，〔註41〕無懼自身功名前途，一以國事朝政為念；其後「登第十五年，立朝不滿月」；〔註42〕又事母至孝，宋亡後，託跡方外，隱遁不出，皆是中國傳統儒者的行徑。同樣也，杜甫在〈投簡咸華兩縣諸子〉云「自然棄擲與時異，況乃疏頑臨事拙」，自知與世不偶，故不願遷就「官曹才傑」，他看清當世王朝運利用了利祿功名為餌以牢寵天下才士，不肯屈就的落得「饑臥動即向一旬，敝衣何啻聯百結」，「此老無聲淚垂血」，杜甫只有將血淚咽在肚腹，將滿腔怨懟形諸筆墨，採取的是文人式的無聲抗議。辰翁曾謂：

　　　　身生太平恨晚，生亂離又恨早，居今憐子美，亦羨子美。

　　〔註43〕

同為身處朝政積衰之時，儒生本色迴盪胸次，辰翁讀杜甫文集，自有一番認同感。

〔註40〕二書所載大同小異，《廬陵縣志》較晚出，且加按語，可能是依《宋季忠義錄》增損而成，或所據材料相似所致。《宋季忠義錄》凡例云：「此書本據宋史、各省府州縣志及野史，廣為羅輯而成。」《廬陵縣志》云乃據「吉州人文紀略」，又參《楊升菴集》。《廬陵縣志》於劉辰翁小傳後附加按語：「按府志引楊慎文云：『元人張孟浩贈須溪詩：「首陽餓夫甘一死，叩馬何曾罪辛巳。淵明頭上漉酒巾，義熙以後為全人。」』蓋宋亡之後，須溪竟不出也，庶幾伯夷、陶潛之風歟！」附於此，聊可作為瞭解劉辰翁之參考。

〔註41〕見《宋季忠義錄》、《廬陵縣志》及《宋史翼》卷三十五〈劉辰翁傳〉。

〔註42〕見《養吾齋集》卷十一，〈須溪先生集序〉。此語有失誇大其詞，據須溪生平考之，立朝並非不滿月。

〔註43〕《須溪集》卷六，〈贈胡聖則序〉）。

而由辰翁之作品中，亦可一窺其立身行事，〈節齋記〉曰：

> 節蓋論其大者，則天地四時，豈謂一事之信、一物之齒、一小忍之頃哉？人生亦如四時，有三大節：少之時學問事親，既壯則欲忠孝著於事業，老則全歸以見地下，終令譽以遺子孫。〔註44〕

辰翁可謂言行一致，一生服膺不違。認爲學問不僅是詩書經義上的知識，舉凡爲人處世、禮節儀式皆爲學問，「事事物物皆道，事事物物皆學」〔註45〕其「少時學問事親」含有《孝經》開宗明義章之「夫孝，始於事親」之意，尚須求取學問以爲來「立身行道，揚名於後世」的基石；而既壯，對邦國盡忠、父母盡孝，則是「中於事君」的擴展。自古文人皆須求科舉功名，辰翁自不能免，於鄉試、廷試登第後，藉此以全忠孝，但另一方面他亦力斥科舉之弊，認爲學問本應作爲身行道，士人卻徒以爲圖謀功名利祿之具，其間得失升沈，因此而奪情失營，則科舉之害則無窮，〔註46〕故辰翁體察爲學之道最要者不在科舉登第，而學術與人品，其於〈臨江軍新喻縣學重修大成殿記〉云：

> 其爲夫子者，蓋進取之事，不在科舉，而在學術與人品，此世道之古也。〔註47〕

又於〈鷺洲書院江文忠公祠堂記〉云：

> 然學校科舉終有愧於道，孰能學校科舉外而求志。〔註48〕

明白辰翁所重者爲「道」、「志」，便可以理解何以其一再被薦，卻不願與小人同朝，固辭不就等種種制於繩墨的行爲了。辰翁基本思想是儒家的，懷抱著「致君堯舜上」的觀念認爲：「儒者實輔是君，以明

〔註44〕《須溪集》卷二，〈節齋記〉。
〔註45〕見《須溪集》卷四，〈吉州龍泉縣新學記〉：「天下未嘗一日廢學，自孝弟日用、君臣上下、歷象祭祀、官寺曲直、使客應對、軍師名義、市井然信、器服度數，事事物物皆道，事事物物皆學。」
〔註46〕見《須溪集》卷六，〈丁守廉墓誌銘〉：「士不幸而用所學於科舉，其得失飢渴、升沈勝敗，曾不如庶人之常業………蓋奪精失營者，莫科舉之爲累，而其阨窮不悶者，必學道之有得也。」
〔註47〕《須溪集》卷一，〈臨江軍新喻縣學重修大成殿記〉。
〔註48〕《須溪集》卷三，〈鷺洲書院江文忠公祠堂記〉。

其道。」〔註49〕倘若不逢明君，便如同老杜「鬱鬱苦不展，羽翮困低昂。……之推避賞從，漁父濯滄浪。……吾觀鴟夷子，才格出尋常。」〔註50〕此種不臣的思想激盪著對統治者的反抗情緒。在辰翁理想中，一則輔佐明君，再則同時行道，《孝經》所謂「立身行道，揚名於後世」便是如此，盡忠亦盡孝。如此看來，辰翁浸潤儒家思想甚為深，一生立身行事莫不以儒者規範為宗，無怪乎老杜的家國情操在辰翁眼中獨得其厚。

第三節　辰翁之著作

由辰翁生平敘述可知，其性鯁直，在朝盡忠，宋亡，不願為貳臣，流離山水之際，滿腔忠愛之情只好轉寄於詩文著作。明陳繼儒云：

> 當宋家末造之時，八表同昏，四國交阻，刀槊曜日，烽煙翳天，車鐸馬鈴，半夜戛戛馳枕上，書生老輩偷從牆隙竊窺，喋莫敢正視，先生豈無恐怖，乃弄筆概文史耶？抑亦德祐前應舉所讀書也？……萬里以故相赴止水死矣，文文山入衛勤王師，無一人一騎至矣。大勢已去，莫可誰何！先生誰不能為建俠執鐵纏，稍退不能為逋人采山釣水，又不忍為叛臣降將，孤負趙氏三百年養士之厚恩，僅取數種殘書，且諷且閱且批，且自於覆巢沸鼎、須臾無死之間，正如微子之麥秀，屈子之離騷，非笑非啼非無意非有意，姑以代裂眥痛哭云耳。〔註51〕

此段可謂將辰翁當時心境敘述詳盡，時江萬里赴死，辰翁為一介儒生，進不能俠衛保國，以盡全忠；退亦不肯為山林逸林，遊飲終日而不念國事，惟有抃筆為翰，寄情文史，其子將孫亦曰：

> 當晦明絕續之交，胸中之鬱鬱者，壹泄之於詩，其盤礴襞積而不得吐者，借文以自宣，脫於口者，曾不經意，其引

〔註49〕《須溪集》卷三，〈鷺洲書院江文忠公祠堂記〉。
〔註50〕見楊倫：《杜詩鏡銓》卷十四，〈壯遊〉，頁993。
〔註51〕陳繼儒：《劉須溪評點九種書》序。

而不發者，又何其極也。〔註52〕

可知辰翁藉著述以抒發胸中塊壘。除詩文之外，並評點了唐宋諸家詩集以及子、史諸書，最先評點的是李賀詩。據將孫曰：

> 先君子須溪先生於評諸家詩最先長吉。蓋乙亥辟地山中，
> 無以紆思寄懷；始有意留眼目、開後來，自長吉而後及於
> 諸家。〔註53〕

乙亥即指德祐元年之時，是年辰翁避亂虎溪，取諸家詩文，且閱且批，值得注意的是「始有意留眼目、開後來」，由此可見辰翁創為漫批評點，乃是有意之為，與當時隨手塗抹之輩不同。歐陽玄〈羅舜美詩集〉序云：

> 宋末，須溪劉會孟出於廬陵，適科目廢，學子專意於詩，
> 會孟點校諸家甚精，而自作多奇崛，眾翕然宗之，於是詩
> 又一變矣。〔註54〕

此話有所偏差，辰翁開始評點詩文時並未「適科目廢」，固然辰翁評點詩文是起於科舉需要，但他確是有心使一己見解藉由評點流傳下來，這在有宋一代的學術背景而言是極不協調的，尤其將評點施於杜甫詩中，提供了杜詩學嶄新的研究方式，更是啟發後人良多（此部分請見第七章討論）。

辰翁今存著作分二類，一為個人之詩文集，一為辰翁所評點。其個人著作有：《須溪集》十卷，《須溪先生記鈔》八卷、《須溪四景詩》、《古今詩統》六卷。〔註55〕

《須溪集》本有百卷，明人韓敬選訂晚宋諸家之文，聞蘭溪胡應麟遺書中有其名，曾往求之，以散佚已失而不得，惟存《須溪先生記鈔》及《須溪四景詩》。今四庫全書本《須溪集》乃檢《永樂大典》所錄，輯為十卷，另《天下同文集》及《記鈔》所載而不見於《永樂

〔註52〕《養吾齋集》卷十一，〈須溪先生集序〉。
〔註53〕《養吾齋集》卷九，〈刻長吉詩序〉。
〔註54〕見《廬陵縣志》，〈羅舜美詩集〉，頁763～764。
〔註55〕見《廬陵縣志》，頁771，然今已不存。

大典》者亦別爲抄補。〔註56〕集中卷八至卷十爲詞作，亦見於唐圭璋
編之《全宋詞》。

《須溪四景詩集》乃依古人詩句中的四時節氣爲題，原爲因應唐
宋以來始專以古人詩句爲科場命題而作，但其詩清新自然，無矯飾舖
排之氣，誠屬可貴，「程試詩中最爲高格」。〔註57〕

辰翁身爲親睹家國變故的南宋遺民，其詩自是窮而後工，除了少
數出仕應制之作，皆流露其眞情，但元明以來，其名聲一直隱逸不彰，
故韓敬有「劉氏信多才，造物何故顯之而復阨之」之嘆。〔註58〕直至
清代，其詞始漸爲人所重視，況周頤贊賞曰：

> 須溪詞風格遒上似稼軒，情辭跌宕似遺山，有時意筆俱化，
> 純任天倪，竟能略似坡公。往往獨到之處，能以中鋒達意，
> 以中聲赴節。世或目爲別調，非佑人之言也。〔註59〕

近代胡雲翼對其評亦高，曰：

> 他在裡反覆寫元夕、端午、重陽，反覆寫傷春、送春，追
> 和劉過的「唐多令」至八九首之多，都不是傷春悲秋的濫
> 調，而是深切地表了自己眷戀故國胡土的哀愁。其詞的特
> 徵是用中鋒突進的手法來表現自己奔放的感情，不肯稍加
> 含蓄使它隱晦，不肯假手雕琢使其失眞，這樣就格外具有
> 感人的力量。〔註60〕

另外，其所評點之詩文及諸子語等共十三種，列之如下：

一、《須溪先生校本唐王右丞集》六卷

二、《孟浩然詩集》二卷

三、《集千家註批點杜工部詩集》二十卷

四、《須溪先生校本韋蘇州集》十卷

〔註56〕此部分可參《須溪集》四庫提要所評。收於四庫全書珍本四集。
〔註57〕參《須溪四景詩集》四庫提要所評，收於四庫全書珍本十一集。
〔註58〕韓敬：《劉須溪先生記鈔》引，中央圖書館藏本。
〔註59〕參《蕙風詞話》卷二（上海：上海古籍出版社，2002年），收入《續
　　　修四庫全書》一七三五卷，〈集部〉。
〔註60〕胡雲翼：《宋詞選》（台北：明文出版社，1987年），頁413至414。

五、《孟東野詩集》十卷

六、《李長吉歌詩》四卷

七、《王荊文公詩注》五十卷

八、《增刊校正王狀元集諸家注分類東坡先生詩》二十五卷

九、《須溪評點簡齋詩集》十五卷

十、《須溪精選陸放翁詩集後集》八卷（案：前集十卷乃羅椅所選，後集八卷爲須溪選評）

十一、《劉須溪先生批註三子》（按：三子指老子、莊子、列子）

十二、《世說新語》八卷

十三、《班馬異同》三十五卷 〔註61〕

其所評點之第一至六項爲唐人詩集，七至十項爲宋人詩集。可以看出，辰翁所評以詩爲多，文章評點方面，亦多爲老、莊、列義理的闡發，《班馬異同》固然比較了太史公及班固文情、筆法之優劣，但亦以評駁史事爲多。《廬陵縣志》云「士林服其賞鑒之精」，可見其心思之敏銳。

有關辰翁批杜之版本有著錄者，共有六種，分述如下：

一、《須溪批點選註杜工部詩》二十二卷

劉辰翁評點，羅履泰序、彭鏡溪集註、盧綸後序。清阮天《天一閣書目》著錄，爲明刻本。乃彭鏡溪所輯錄之劉批，復詮摘舊註以成書，並未標「集千家」字樣，成書距辰翁之歿僅一、二。其子劉將孫序高楚芳（崇蘭之字）本曾云：「楚芳於此註用力勤，去取當，校正審，賢他本草草藉吾家名以欺者甚遠。」所謂「他本」及「藉吾家名

〔註61〕根據《廬陵縣志》所載，此書之後按語云：「楊士奇跋略曰：『《班馬異同》三十五卷，相傳作於須溪，又見其評注批點，臻極精妙，信非須溪不能。』而《文獻通考》載爲倪思所撰，豈作於倪而評注出於須溪邪？……今《四庫全書》定爲辰翁《班馬異同》三十五卷，又倪思《班馬異同》王氏（端臨）收入史評內，考思原書本較漢史之異同，直與正史相附，故辰翁是書亦即附入正史門內。」見《廬陵縣志》卷二十六〈藝文志·史部〉，頁 736。故此書今認爲是南宋人倪思撰，劉辰翁評。

以欺世者」，似指此本。自高楚芳本出後，此本便不爲重視，各家所引劉批，蓋錄自高本。

二、《須溪批評選註杜工部詩》二十四卷

劉辰翁批點，明黎堯卿輯并跋，羅履泰序，增元虞集註解，明趙汸批評。阮元《天一閣書目》題《劉須評點杜詩》二十二卷，後續趙東山《類選》一卷，虞伯生註一卷；清瞿鏞《鐵琴銅劍樓藏書目錄》及成都杜甫草堂杜詩書目俱著錄。今尚存。目錄前一行題爲《集千家註批點杜工部詩集》，劉批爲二十二卷，第二十三卷起則爲增趙東山類選杜工部詩，第二十四卷爲增虞伯生註杜工部詩，亦題爲《劉須溪評點杜詩》，無選註二字。

三、《集千家註批點杜工部詩集》二十卷

劉辰翁評點，元高崇蘭編集，劉將孫序，子劉瑞仁校。共二十卷，文二卷，或題《集千家註杜工部集》，或題《劉辰翁批杜詩》。多處著錄，如：清錢謙益《絳雲樓書目》、清《四庫全書總目》、阮元《天一閣書目》、《南京圖書館書目》……等。清孫星衍《平津館鑑藏書籍記》所記及《孫氏祠堂書目》所著錄即元大德七年原刻本，首有「須溪先生劉會孟評點」一行，并有「須溪劉氏」「將孫」等印記。

今國家圖書館館藏善本即明末刻本，題爲《杜子美詩集》，卷首有劉將孫序，「須溪評杜總論」及「杜詩目錄」。詩句旁間有辰翁之圈點，句下有辰翁評語，諸家註僅存少數「公自註」及「魯訔曰」、「鶴曰」、「趙曰」、「夢弼曰」等註詩本事者，每半葉十行，共二十卷，不避清諱，刻工似出江南匠手。本論文所據之辰翁批杜，概依此版本。

四、《集千家註批點杜工部詩》二十卷

劉辰翁評點，明朱經扶序刻，明嘉慶八年靖江王府刻，俗稱藩刻。卷首有杜氏世系、年譜，無諸家序，著錄處有：《北京圖書館善本書目》、《浙江圖書館善本書目》、《北京大學圖書館藏善本書目》，今仍存。

五、《集千家註杜工部詩集》二十卷

劉辰翁評點，明孫文龍校刻。明萬曆刻本，有王洙、王安石、胡宗愈、蔡夢弼四家序，《北京大學圖書館藏善本書目》著錄。

六、《集千家註杜工部詩集》二十卷、文集二卷

劉辰翁批，明黃陛校，黃芳序，金鸞刻。明萬曆八年刻於關中，第二行題「睢陽後學黃陛校」，世稱黃陛本。有《浙江圖書館善本書目》及《原西南圖書館善本書目》著錄。《杜詩引得》序謂「此書國內已佚」，但浙江及原西南二圖書館仍有藏本。

自元迄明，所有集千家杜詩選本，概均以高楚芳本爲祖本。今大通書局所發行之《杜詩叢刊》中，《集千家註批點補遺杜工部詩集》即元高楚芳刪存諸註，附以劉批之本。

《四庫提要》評辰翁「著書多標舉纖巧」（《養吾齋集》），評《須溪集》曰：

> 辰翁論詩評文往往意取尖新、太傷佻巧，其批點如杜甫集、世說新語及班馬異同諸書，今尚有傳本，大率破碎纖仄，無裨來學。即其所作詩文，亦專以奇怪磊落爲宗，務在艱澀其詞，甚或至於不可句讀，尤不免軼於繩墨之外。

辰翁的一貫文學主張，並非以舉纖巧爲務，亦不意取尖新，《四庫提要》所評未免有所偏差。蓋辰翁一反時人競相學習四六文、以謀科舉晉身之心態，對於江西詩派已入末流、四靈江湖二派又呈猥細碎的詩風，欲矯以清新幽雋，故而詩文以自然平易的風格爲尚，論事貴眞情，立論平實；唯評點詩文時，爲達到美學效果而出人意表，發人所未發之語，如杜詩〈觀兵〉「妖氣擁白馬，元帥待彫戈」下批曰：「有風。」（《杜子美集》卷五）〈寄從孫崇簡〉首句「嵯峨白帝城東西，南有龍湫北虎溪」下批：「起得高。」（同上卷十八）而多處僅批曰「好」、「妙」，未依傳統而箋注，故提要所謂「破碎纖仄」之云，或是因此而發，但「無裨來學」之評則未免失之太苛。細繹辰翁本身之著作，並無奇險怪字，而在於其筆勢徒轉，獨開蹊徑，使上下文氣難以銜接，無怪乎

吳澄評其「諔詭變化」，《養吾齋集》之《四庫提要》亦曰：「所作亦多以詰屈爲奇。」僅管如此，並非全無可觀，確能「別自成家」。

《四庫提要》評《須溪集》又謂：

> 特其蹊徑，本是蒙莊，故惝恍迷離，亦間有意趣，不盡墮牛鬼蛇神，且其於宗邦淪覆之後，睠懷麥秀，寄託遙深，忠愛之忱，往往形諸筆墨，其志亦多有可取者，固不必概以禮格繩之矣。

辰翁之文固然自出一格，亦別有意趣；且宋亡之後，忠誠篤實之情流露其間，其志可勵，其情可憫，故未必能以常情視之。縱括而言，《四庫提要》所評頗肯定辰翁詩文之價值。

第四章　劉辰翁評杜之文學背景

　　一種文學批評的形成，除了時代背景使然，必須還有一位能主導其流的大家，如同盛唐李、杜之於古風近體，中唐韓、柳之於古文運動；而在兩宋之中，固然不乏詩文評點，但能夠在不計工拙優劣、取便科舉的評點目的中，專注於詩文評點的，首推南宋遺民劉辰翁。與辰翁同時，從事評點詩文的尚有方回，但是他僅有《瀛奎律髓》及《文選顏鮑謝詩評》二書，並在數量的方面不及辰翁，後人總是視他為江西詩派的最後中堅，只注意其「一祖三宗」之說，忽略了其評點詩文的方法。故辰翁之漫批方式出現之後，影響及於元、明以後的詩文，乃至小說戲曲也有以漫批方式來評點者。

　　辰翁在唐宋諸多選本之中，列舉並採取評點方式看待杜詩，與辰翁評杜的文學背景有密切關係；一則有宋一代論詩風氣興盛，二與宋末文人對杜詩集注之繁瑣的反省有關；再則與當時廣泛習用的以禪喻詩之見解有關。以下分別闡述之。

第一節　宋代論詩風氣的興盛

　　唐代是詩歌的豐收期，各種詩體都得到充分的發展，到了宋朝時期，由於理學昌盛，不但對儒家思想的本質和理論體系作過度深刻的反省，對其他的事物也要求能夠辨析分明，詩之數量豐富許多之後，

宋人因此可就這些豐富而多樣的詩歌，對其作理論上、本質上、技巧上的探究，作詩者於創作過程中的體會與品詩的興味，往往會信手記錄，或發表爲專著，如詩話、詩格之屬，而有關句法的討論便是宋詩話的特色，尤其是在南宋之後，摘字論警、論活法、論格式的更多。其實，句法早已存在於唐朝和唐以前的詩歌中，至宋代才普遍加以討論及辨析而已。故宋人之詩論較唐爲盛，是不爭的事實。今人每謂唐人重在「作」，宋人重在「評」，原因便在此。或謂至宋無詩，是因宋人重評，較無唐詩的高大雄渾，《滄浪詩話》說：「以文字爲詩，以才學爲詩，以議論爲詩。」便是針對宋詩不主韻味而言。

宋人言志主理，故好論詩，有宋一代之「論詩」詩不僅數量繁多，也包括各種詩體，有古體、近體；有七言、五言。〔註1〕在論詩詩的歷史發展中，首次在題目上標明論詩字樣的，也出現在宋代，如戴復古的《論詩十絕》，與戴氏同時而稍後的元好問，也曾在作品的標題上明言自己寫的是「論詩詩」，如〈論詩三十首〉、〈論詩三首〉等，正式在詩的領域中打出的「論詩」的旗號。故方回在《瀛奎律髓》中特於卷三十六專闢「論詩類」，正說明了「論詩詩」發展並興盛到了一定的程度。郭紹虞云宋代論詩風氣之流行，更可於論詩詩中見到，認爲論詩詩盛極一時的原因有二：

> 一、宋詩風格近於賦而遠於比興，長於議論而短於韻致，故極適合於文學的批評；有時可以闡說詩學的原理，有時可以敘述學詩的經歷，有時更可以上下古今，衡量前代的著作。
>
> 二、宋詩風氣，又偏於唱酬贈答，往返次韵，累疊不休，於是或題詠詩集，或標榜近作，或議論斲斲，或唱和霏

〔註1〕有關「論詩」詩方面的探討，周益忠：〈論詩絕句發展之研究〉（台灣：師大《國文研究所集刊》，第廿七號）、周益忠：《宋代論詩詩研究》（一九八八年台灣師大博士論文）；南朝鮮李種漢：〈歷代論詩絕句研究〉（載《中國文學》第九輯）、〈論詩詩研究〉（載《中國學志》第三輯），足可代表中外學人對此研究課題的重視。

霏，……有此二因，則論詩詩之較多於前代固亦不足爲奇了。〔註2〕

　　宋人言志主理，故好論詩，郭氏之分析甚詳，其實溯自唐代杜甫之〈戲爲六絕句〉便開了以詩論詩的先河，〔註3〕子美詩不避俗語，明白如話，如「千朵萬朵壓枝低」，質樸率眞，因此儘管主神韻的王漁洋認爲子美之七絕爲「變體」而不足爲法，但子美絕句確爲唐人絕句展開新的風貌，且對於「以筋骨思理見勝，以議論口語入詩」的宋詩而言，卻是很好的先聲。

　　宋代論詩風氣興盛，亦與社會風氣有絕大關係。宋代是個平民漸漸抬頭的社會，近人劉伯驥說：

> 宋人社會，世族沒落，門第階級區分，不似唐代之嚴格。北宋之呂韓，南宋之史氏，雖卿相蟬聯，大家庭尚有存在，然非如唐代之王、鄭、崔、盧也。平民家族抬頭，故流動性頗大。汴京爲全國政治之中心，綰轂南北，輻輳工商，人口百餘萬，經濟生活，最爲繁榮。〔註4〕

尤其是市民階級抬頭，在各種文化活動中，他們扮演相當重要的角色。吳可《藏海詩話》中記載：

> 元祐間，榮天和先生客金陵，僦居清化市爲學館，質庫王四十郎、酒肆王念四郎、貨角梳陳二叔，皆在席下，餘人不復能記。諸公多爲平仄之學，似乎北方詩社。〔註5〕

可藉以窺知當時詩社普遍成立，各行各業之人都可以加入寫詩的行列。這種詩社不僅可以成爲詩作的發表園地，更可以互相切磋、傳遞詩歌軼聞；雖然有時難免淪爲富貴餘氣，但既然表達對詩看法的機會

〔註2〕見郭紹虞：《中國文學批評史》（台北：文史哲出版社，1990年），頁395～396。

〔註3〕杜甫〈戲爲六絕句〉作於唐上元二年（西元761年），前三首評論作家，後三首揭示論詩宗旨，是杜甫詩歌創作實踐經驗的總結，用六首七絕這樣有限的字數，涉及唐代詩歌理論的重大問題，是前所未見的。

〔註4〕見劉伯驥：《宋代政教史》（台北：中華書局，1971年），頁6。

〔註5〕見丁福保：《歷代詩話續編》（台北：木鐸出版社，1983年），頁341。

不限於士子詩人，多少亦使詩的知識流傳更爲方便。

　　宋代何以好論詩，另一個很大的原因便是詩論的隨興化與筆記化，這種隨興記載的文類，提供了絕佳的方便法門，類似語錄的「詩話」便是其中的代表。論詩評詩可用的體裁固多，自先秦以來或用長篇散文（如曹丕《典論・論文》），或用駢體文（如劉勰《文心雕龍》），或用書信（如白居易《與元九書》），或用賦（如陸機《文賦》）、用詩（如杜甫《戲爲六絕句》），但在宋代之後，詩話卻逐漸成爲我國文學批評的主要形式。詩話在宋代詩壇而言，具有非常重要的意義，它可以隨興或長或短，漫筆而書，通常分則記事評詩，兼有詩文評論和筆記小說的特點，一則一則列出，每則之間可以毫無文字上的關連，全篇無須作開頭結尾、起承轉合等佈局。既然是漫談，不少作者並不注重周密的論證和詳實的考訂，所以論者對於此種札記般的表達型態，不乏以爲散亂不整而對其價值持有懷疑的態度，不過並無損於其中對詩的審美經驗與見解。或許詩話在章法及表達上較無系統，亦缺乏分析性的說明可言；但若我們相信經驗的內涵和表達方式是一體的，就可以站在較客觀的立場上，去肯定中國人對詩的感應和瞭解，與詩話這種文類的撰寫型態已有密不可分的關係。

　　關於詩話的上述特點，章學誠在《文史通義》中曾提到：

　　　　宋儒講學，躬行實踐，不易爲也，風氣所趨，撰語錄以主
　　　　奴朱陸，則盡人可能也；論文考藝，淵源流別，不易知也，
　　　　好名之習，作詩話以黨伐同異，則盡人可能也。〔註6〕

則未免對此種文類有抨擊意味，以爲「人人可爲」，則容易寫作。其實，作品的價值和著述難易並無絕對關係。且這樣的評斷對《滄浪詩話》這樣嚴謹的著作而言是不夠公允的，更何況「暢所欲言」、「人人可爲」正是詩話特色所在。任何人都可以發表他對詩的瞭解和評解，尤其是幾本見解不凡的詩話，〔註7〕處處流露出獨特的慧心與深思，

〔註6〕見《文史通義・詩話篇》，頁161。
〔註7〕例如《歲寒堂詩話》、《白石詩話》、《滄浪詩話》、《對床夜語》等。

視之爲創作並不爲過。詩是一種藝術，對藝術的審美經驗近乎直覺，這種具有即刻性的語錄體，的確是攫取當下感悟與體驗最好的方式。所以詩話不僅是方便而已，它的表達方式可能最符合一般賞詩的體驗。宋代既有人人知詩、寫詩、賞詩的環境與條件，加上詩話又是種自然又方便的體式，那麼宋代論詩風氣興盛的原因便顯而易見了。

自歐陽脩的《六一詩話》〔註8〕後，又有司馬光以名儒大臣身分爲《續詩話》之作，此後蔚然成風，大量的詩話不斷出現。事實上，歐陽脩在《六一詩話》中表達了宋代很重要的詩觀，影響了宋代詩壇，並奠定了宋詩話的基礎。他所謂「居士退居汝陰，而集以資閒談也」，只是「閒談」而非名山大業，除了謙虛的成分外，亦具有實質上的意義：他預設的讀者是具有素養的詩家或賞詩者，而當時這兩種身分幾乎是合一的。在此種預設之下，他在撰寫詩話時，不須過度詳盡的解釋，略略拈出便可獲得讀者的心領神會。現代讀者或有埋怨古代典籍艱澀隱晦，是因爲讀者可接受的條件起了轉變的原故。賞詩是種心靈活動，詩家透露於詩作中的訊息，由讀者眼中看來，讀者是否意圖還原抑或隨己意詮釋，本來就是種自由心證的內心活動。評點詩文又何嘗不是一種自由心證的文學批評呢？評點者以己意拈出精華，而讀者也各隨己見去接收評點者所要傳達的訊息，詮釋範圍是相當自由的，我們不能以爲評點無系統可言而減低其價值，因爲任何系統本身的封閉性，封閉性便是有限性，又怎能以有限性去規範或含納具體經驗的無限性呢？評點既然記載的是具體經驗，它就適合沒有系統，也沒有封閉性，也因此展開了無限的可能。

在《六一詩話》之後，司馬光在其《續詩話》中云：

> 詩話尚有遺者，歐陽公文章名聲雖不可及，然記事一也，故敢續書之。〔註9〕

〔註8〕《六一詩話》原稱《詩話》，其他如《六一詩話》、《永叔詩話》、《歐公詩話》皆後人取便稱引。據《千頃堂書目》之〈古今彙說〉未見及。

〔註9〕見何文煥：《歷代詩話》（台北：漢京文化事業，1983年），頁274。

在司馬光看來，詩話還兼有記載事聞的作用，將與詩有關的事件如詩完成之前的事、詩人遭遇何事而創作、詩在當時的反應如何，如同史家般忠實記錄所聽所聞，故後人有因此點而誤將詩話視作筆記叢談，列入說部者。除了記事之外，還有對於修辭上的見解，例如司馬光對〈春望〉的技巧分析。〔註10〕這種記錄軼聞及有關詩的創作背景，亦是文學史的重要課題，詩話中提供的觀念和方法，可作爲研究中國古典詩歌的批評基礎。

與現代文學批評不同的是，現代文學批評分爲理論批評與實際批評，〔註11〕在中國傳統論詩之詩話中，往往在理論說明之後，舉實際例證，藉由實際作品的評賞，理論也因此而得到印證。理論闡述與實際批評二者不分，亦爲宋代文人不侈言空談，務實求是的表現。

在宋代一片論詩風氣中，有一派的見解是與傳統相關連的，其中以黃徹爲首，所著《碧溪詩話》序中云：

> 平居無事，得以文章爲娛，時閱古今詩集，以自遣適。故凡心聲所底，有誠於君親，厚於兄弟朋友，嗟念於黎元休戚，及近諷諫而輔名教者，與予平日舊遊所經歷者，輒妄意鋪鑿，疏之窗壁間。………至於嘲風雪，弄草木而無與於比興者，皆略之。〔註12〕

他本著風教立場而論詩，爲「詩話載道」建立了典範。雖然郭紹虞評此書「第惜過於拘迂耳」，〔註13〕但此一道德觀的論詩派別仍有某種程度的影響。兩漢以來，學者對詩經的詮釋立場一直離不開人倫教化，而宋代經學雖有突破性的見解，但基本詩觀還是溫柔敦厚的，黃徹將詩話「度與」傳統詩觀，以著述的觀念面對詩話，與以「游於藝」

〔註10〕同上，頁277。
〔註11〕參劉若愚：《中國文學理論》第一章導論（台北：聯經出版社，1991年），頁2。
〔註12〕參黃徹：《 溪詩話》（台北：藝文印書館，1966年），《百部叢書集成》29輯，知不足齋叢書第2函。
〔註13〕見郭紹虞：《宋詩話考》（台北：漢京文化事業，1983年），頁65。

的心態視詩話爲「以資閒談」之札記的歐公有極大的差異。在《碧溪詩話》中並開始重視詩的修辭語法，這和歐陽脩、司馬光所側重的記事有很大的不同。郭紹虞並在《宋詩話考》指出：

> 竊以爲宋人詩話之所以勝於唐人論詩之著者，由於宋人之著重在理論批評，而唐人之著則偏於法式也。重在評論，則學詩者與能者均可肄習；偏於法式，則祇便初學，爲舉業作敲門磚耳，否則亦僧侶學詩者妄立目以欺人耳，故其書多不傳。宋人論詩，非無此類之作，但不成爲主流，時人亦不重視之。惟氏此書獨能在詩格詩例方面，另出手法，以創爲語法修辭之規律，則事屬首創，其功有不容湮沒者矣。〔註14〕

黃徹認爲詩應該「中存風雅，外嚴律度，有補於時，有輔於名教，然後爲得」，〔註15〕除了重視表現於詩外的格律、法度，亦必須對名教、時政有所助益，這種在語法、修辭中力求「厚人倫，維風教」的要求，在宋代這個對詩歌本質現象能充分反省的時代中，使得宋人很自然地特別喜愛評析杜甫的詩作，主要便是因杜詩能兼備二者。

從《六一詩話》之後，詩話的撰寫旨趣本來偏重於雜記，以記事爲主，但事實上用典，雅俗、用字、對偶等修辭問題亦間或在各詩話中出現，直至南宋，有關格式等句法才正式成爲宋詩話的主流，旨趣亦較爲嚴正，不再視爲風雅韻事，而視之爲一種著述，重點也漸回到詩歌本身所表現的姿態，普遍重修辭、語法，如張戒《歲寒堂詩話》、姜夔的《白石道人詩說》皆爲佳作，直至《滄浪詩話》始較有系統地表達對詩的觀點。因此總括而言，北宋詩話以記事爲主兼及論辭，南宋以論辭爲主兼及記事。〔註16〕記事爲文學史課題，論辭則是文學批評的課題；立於文學批評的觀點，南宋詩話較北宋詩話重要，也更接

〔註14〕同前註，頁67。

〔註15〕同註12。

〔註16〕章學誠將詩話分爲「論詩及事」、「論詩及辭」二種，見《文史通義》內篇〈詩話〉。

近我們所要探討的評點。因為在南宋詩話（如《石林詩話》、《苕溪漁隱叢話》等）中，有許多對於已完成的作品加以詮釋、分析、描述、評價，並藉以提出自己對詩歌的見解，記錄自己的審美經驗，並指示學者作詩的原理、法則與技巧，這與評點的本質與作用是如出一轍的。

另外，禪門語錄體對於詩話或者評點的影響也不容忽視。語錄之實，起於《論語》；但語錄之名，卻大倡於禪宗。〔註17〕禪宗僧人強調的是在擔水砍柴的實際活動中體驗人生真諦，在片言隻字的偈頌機鋒中了悟無上的智慧，故簡短的禪師語錄遂逐漸取代了浩繁的佛陀經典。禪宗原本標榜「不立文字」、「以心傳心」，但入宋以後更走向了「不立文字」的反面，出現了「語錄」、「公案」、「拈頌」、「評唱」等體式，尤其「語錄」的體裁短小，與形式精巧簡短的評點類似，故在南宋大興的評點受到禪門語錄的影響是很有可能的。語錄是白話的文體，記載著歷代祖師的機語，及禪師接引世人的言語及行事，務求啟人靈悟。禪接引人，貴在使對象自覺自悟，故其言語尚活句不尚死句，遂常常引詩為說，記載下來便成為語錄，也就是參禪談禪時言行的如實記錄，例如《臨濟錄》、《四家語錄》。「評唱」的代表作《碧巖錄》，〔註18〕在列出「百則」的每一則之前，先加上提示綱要的「垂示」，列出「本則」之後，又著語評論，介紹公案者提出的略歷，對其中的警語加以評唱，自作頌語，末又評唱之。在這樣的注解、評唱中，公案的要點與主旨就被揭示出來了，而不可言說的禪意也透過這種方式表達出來。此揭示禪意法名曰「評唱」，但與「評點」卻有很大的差異，評點句短而意深，評唱是字句冗長繚繞而帶有警世意味。

這種在唐朝時興起並盛行的禪門語錄，至宋代影響更大，理學家每每講學議論亦題以「語錄」之名，如《張子語錄》、《上蔡語錄》等，

〔註17〕《舊唐書・經籍志》雜史類列孔思堂《宋齊語錄》十卷，似為以「語錄」名書之最早者，但語錄體的弘揚，則是得力於禪宗。

〔註18〕《碧巖錄》又稱《碧巖集》，全稱為《佛果圓悟禪師碧巖錄》，宋政和（西元1111年～西元1118年）初，由圓悟克勤評唱講說重顯《頌古百則》，由門人記錄整理而成，共十卷。

在錢大昕《十駕齋養新錄》云：

> 佛書初入中國，曰經、曰律、曰論，無所謂語錄也。達摩
> 西來，自稱教外別傳，直指心印。數傳以後，其徒日眾，
> 而語錄興焉。……釋子之語錄始於唐，儒家之語錄始於宋，
> 儒其行而釋其言。〔註19〕

語錄是應禪門之方便而興起的體式，江藩《國朝宋學淵源記》附記亦
云「禪門有語錄，宋儒亦有語錄；禪門語錄用委巷語，宋儒語錄亦用
委巷語。」指出了二者名稱上的關係，故《郡齋詩書後志》專立一類
曰「語錄類」，羅列理學家之語錄。

　　此外，宋代筆記亦有許多以「錄」爲名，或曰談錄（如王欽臣《王
臣談錄》）、或曰筆錄（如王曾《王文正筆錄》）、或曰漫錄（如張邦基
《墨莊漫錄》）、或曰聞見錄（如邵伯溫《邵氏聞見錄》），甚至有的筆
記直接以「語錄」題名（如馬之卿的「元城語錄」）。據《四庫全書總
目》所收加以統計，宋代筆記以「錄」爲名的就有四十餘種，這不同
於「語錄」一名出現以前的指稱，在過去「錄」爲幾乎皆指「目錄」，
如劉向《別錄》、阮孝緒《七錄》等，在宋朝出現大量以「錄」爲名
的筆記，與語錄體的盛行不無關連，而詩話的出現與流行，看來也與
語錄有關。詩再進一步發展，有些詩話甚至直接以「語錄」爲名，如
《唐子西語錄》〔註20〕、《漫齋語錄》（或名《漫齋詩話》）等，其中，
郭紹虞並稱《唐子西語錄》「是爲語錄稱詩話之始」。〔註21〕另外有些
語錄雖非詩話，但因內容涉及到詩，故亦或以「詩話」目之，如阮閱
在《百家詩話總龜》中，引了《金陵語錄》、《上蔡語錄》、《龜山語錄》、
《三山語錄》、《雪竇語錄》、《元城語錄》六種，其中既有禪師語錄，

〔註19〕錢大昕：《十駕齋養新錄》（南京：江蘇古籍出版社，1997 年），卷
　　　　十八「語錄」條。
〔註20〕今本通稱《唐子西文錄》，據何汶《竹莊詩話》、王若虛《滹南詩話》、
　　　　及佚名《南溪筆談群賢詩話》所引皆稱《唐子西語錄》，依其序亦當
　　　　以「語錄」爲是。
〔註21〕郭紹虞：《宋詩話考》，頁 45。

也有文學家、理學家語錄；既有詩話而名語錄者，也有筆記而名語錄者，都被歸入了「詩話」之列。這可由側面反映了禪門語錄的興起並流行對文學及理學著作的影響。

第二節　杜詩集注的反省

　　自北宋以降，詩風由綺豔轉爲樸實，由言情轉趨言理，故風沈格渾的杜詩漸受宋人之注意，爲之蒐輯與注釋者不計其數，其一大功臣便屬以黃庭堅爲首的江西詩派，提倡「無一字無來歷」，並以杜詩爲宗，以之爲鍊句鍊字的依歸，影響所及，使得杜詩的地位如日中天，家傳戶誦，正如《蔡寬夫詩話》所云：「三十年來學詩者，非子美不道，風靡一時，雖武失女子皆知異之，李太白而下，殆莫與抗，文章隱顯，固自有時哉！」

　　在杜集蒐集方面，初時有鄭文寶《序少陵集》廿卷，繼有蘇舜欽編《老杜別集》，皆散佚不全，及王洙（西元 997 年～西元 1057 年）出，廣爲蒐羅，刪其重複，編次成帙，取一千四百有五篇，輯成《杜工部集》廿卷，成爲研究社詩者不可或缺的版本根據。嘉祐四年（西元 1059 年）王琪據王洙本重新編定，鏤版付梓，方成定本（見宋本《杜工部集》附錄）。至英宗治平中（西元 1064 年～西元 1067 年），裴煜又據二王本爲之補遺，增訂了遺文四篇，詩五首。〔註22〕除了校訂編次外，宋人在杜集最大的成就在注釋，有個人之注，及集眾家所長之集注，以便於檢閱。瞿鏞云：「集注者，采他書之注也。」南渡之後，動亂的時代與杜甫所處環境更爲接近，故時人對杜集的整理更益熱衷，紹興年間，即有鄭印、吳若、黃伯思等人從事杜集的編輯。至於集注的種類，相當繁多，可區分爲三類：

〔註22〕見陳振孫《直齋書錄解題》卷十六，著錄《杜工部集》廿卷：「又有遺文九篇，治平中，太守裴集（應作煜）刊附集外。」又據陸心源「儀題堂題跋」卷十云：「是本………佈遺詩五首文四首，一一與解題合。」知所補詩文俱在。

　　一、編定本。以對照爲詩之年代，藉以考杜甫少而銳、壯而肆、老而嚴之次第。如黃伯思《校定杜工部集》二十二卷、蔡興宗《杜詩正異》二十卷、趙次公《杜詩正誤》五十九卷、魯訔《編次杜工部集》十八卷、《王狀元集百家注編年杜陵詩史》三十二卷、蔡夢弼《杜工部草堂詩箋五十卷》。

　　二、分類本。由陳浩然之《析類杜詩》始，以「析而類之」之法，將杜詩按內容歸類，使學者便於檢閱及模擬，如《門類增廣十注杜工部詩》廿五卷、徐宅《門類杜詩》廿五卷、《分門集注杜工部詩》二十五卷、《集千家注分類杜工部詩》二十五卷。

　　三、分體本。分體之法始於王洙，以古、近二體分列，再約略編年，是較前二項完善的方法，如王洙《杜工部集》二十卷、郭知達《杜工部詩集注》三十六卷、黃鶴《黃氏補千家集注杜工部詩史》三十六卷。

　　在諸多集注版本中，編者眾多，其編次亦難免有陳陳相因，互爲抄補之現象，可考之杜詩諸宋集注，以《門類增廣十注杜工部詩》最早，輯者已佚，但既名爲「增廣」十注，當爲收羅至少十家之注，分門類編，冠以「集注」之名，以有別於其他個人之注釋。繼《門類增廣十注杜工部詩》之後，直接或間接承襲其注杜者爲郭知達九家注本，及僞《王狀元集百家注編年杜陵詩史》，後者又影響及於二書，一爲《分門集杜工部詩》二十五卷，另一爲蔡夢弼之《草堂詩箋》。黃鶴所撰《黃氏補千家集注杜工部詩史》乃以《分開集杜工部詩》爲底本加以刪削，今有北京圖書館藏本五十卷，每於本文逐句之下，先正其字之異同，次審其音之反切，方作詩之義以釋之，復引經子史、傳記，以證用事之所從出。至元代高楚芳編《集千家注批點補遺杜工詩部詩集》，雖輯錄了辰翁之評點，然集注風氣所趨，不能免俗地以諸注爲底本附以辰翁評點，故今可見在此本中，辰翁評點雜揉於黃鶴注及蔡夢弼注中，蓋高楚芳乃據黃本及蔡本而編輯之故。〔註23〕當時

〔註23〕所述杜詩集注之流衍，參葉綺蓮〈杜工部集源流〉，收錄於《杜甫和他的詩》，頁 161～166。

集注的人數，根據《集千家分類杜工部詩》之「集注姓氏」所收錄，共一五六人；《分門集注杜工部詩》收錄一五〇人；《補注杜詩》收五一人。雖然其中或有僞注（如託名蘇軾的「老杜事實」），或將一人分列爲二人（如薛倉舒與薛夢符爲同一人），但是從諸本互爲抄補、詳略的互參的情形來看，〔註24〕杜詩受到廣泛注意是可以想見的。

今可見較完善之杜詩集注，可參大通書局所編《杜詩叢刊》，以及中文出版社之《杜詩又叢》，爲宋代以後集注編輯者之心血；然在諸多本中，亦不乏挾泥沙以俱下，蓋因宋人於時尚所趨爭相蒐輯杜詩，不免於注釋內容中爭奇鬥勝，各家絞盡腦汁之下，易流於穿鑿附會，務求一字一句皆有所比託；加上杜詩家喻戶曉，集注之本取得容易，在不察是否爲僞書的情況下予以改編，陳陳相因，疏於查檢可見。故辰翁不隨流俗專致於杜集之蒐羅煩釋，反而採取任意爲之的對待方式，以隨手漫批詮解杜詩，不啻是一種對於注杜現象之煩瑣的反動。

例如辰翁在「不識南唐路，今知第五橋」句下批云：「便自流動。」〔註25〕「誰家且養願終惠，更試明年春草長」句下批云：「展轉沈著，忠厚惻怛，感動千古。」〔註26〕凡此皆任運自然，不作繁瑣之考據或解釋，在當時的確獨自匯爲一道清流。在辰翁而言，他極爲重視詩的本質、眞情，曾云：

> 古人出語便是肝肺，更自流動可觀。（《批點杜詩》卷十六：〈李潮八分小篆歌〉）

> 詩意感慨自然，詩貴如此。（《增刊校正王狀元集註分類先生詩》卷九：〈劉乙新作射亭〉）

所謂「肝肺」、「感慨自然」，都是詩之可貴處，因此辰翁不取造作之

〔註24〕 如趙次公《註杜詩》五十九卷見於《郡齋讀書志》卷四上、鮑彪的《少陵詩譜論》見於《苕溪漁隱叢話》後集卷八。

〔註25〕 《杜子美詩集》卷二：〈陪鄭廣文遊何將軍山林〉十首。本論文所引辰翁批點概依此本。

〔註26〕 《杜子美詩集》卷三：〈瘦馬行〉。

方式，「不必苦思，自然好，苦思復不能」，〔註27〕寧願採取出其本心、道其本心的感觸，這些觀點，在〈陳生詩序〉中復亦闡明：

> 詩在灞橋風雪中驢子上，非也。鳥啼花落、籬根小落、斜陽、牛笛、雞聲、茅店，時時處處妙意皆可拾得………有能率意自道，出於孤臣怨女之所不能者，隨事紀實，足稱名家。

辰翁認爲詩人作詩當發乎自然的眞情，待情生境或因境造情都有失自然，只要有感而發無處不詩，而表現方式則是「率意自道」、「隨事紀事」，故辰翁不願落入宋代以來注杜之繁瑣之中。

第三節　以禪喻詩的承沿

　　事實上，辰翁所處的南宋時代，禪學於詩有相當大的影響。自東晉以降，佛教傳入中土，中國文人便普遍地接受佛教，佛教傳入中土，影響及於中華學術者約有兩端，一爲玄理之契合，一爲文字之表現。除了提供玄學上的冥思外，特別是唐代之後禪宗大興，以詩明禪、以禪入詩成風，詩與禪結下了不解之緣，於是形成了兩宋的以禪喻詩之詩論。

　　禪或稱禪那，爲梵語音譯，意譯爲「思維修」或「靜慮」，亦音意合譯爲「禪定」，起源於古印度的瑜伽術，後來受到佛教的吸收和發展，而成爲其修證方法，因此禪學是最早傳入中土的佛教教學內容之一。由專注一心的禪定發展到「明心見性」的禪宗後，歷經數位祖師的進一步改造和深化，種種的發展及變化，莫不在在如實反映了社會狀況的改變，例如在唐代儒家經學中，便反映出封建經濟高度發展的社會條件下，所出現的背離傳統思想束縛、肯定主觀心性的意識形態，禪宗便屬於這種反映之一。因此當禪思普遍影響社會，浸潤了文人的心靈，成爲思想的一部分之後，文人學士的詩中必然會表現出禪意，不僅是詩佛王維、擅寫社會現實生活的白居易能寫出入禪的詩，就是一生以「致君堯舜」爲職志、輔時愛民的杜甫，也謂「余亦師粲

〔註27〕辰翁評點《孟浩然詩集》卷上第二冊：〈與諸子登峴山〉。

可，心猶縛禪寂」，〔註28〕陳無己、楊萬里活潑通俗的用語，都與禪有關連，在詩、禪的交互影響、交融之中，唐、宋詩取得了獨特的藝術成就，從觀念、意境的表現到語言的運用、結構的安排都有所反映。在詩話產生之前，唐人的詩論著作主要是詩格、詩式等，其中已有不少禪學影響的痕跡，如相傳為王昌齡所著的《詩格》，即以南北宗分派論文，謂「不看向背，不立意宗，皆不堪也」（《文鏡秘府論》南卷《論文意》引），將惠能在其《壇經》中強調的「自信」一語移以論詩。又如皎然作《詩式》，要求「文外重旨」，明確指出：「康樂公早歲能文，性穎神徹，及通內典，心地更精，故所作詩，發皆造極，得非空王之道助邪？」及於晚唐宋代，司空圖提倡「韻外之致」，突出了主觀體驗，宋人的「以禪喻詩」，其中黃山谷重句法，呂本中講活法，蘇軾重視「意態橫生」，都於禪有所借鑑。

宋代論詩理論中受禪學影響最大的，概括地說就是「以禪喻詩」，在當時「學詩渾似學參禪」一語，在宋代幾乎成為詩人的一句「口頭禪」，詩之於禪，誠可謂投水乳於一盂，奏金石於一室，文人學士莫不援禪入詩，披覽不倦。

一、以禪喻詩評析作品的方式

提及以禪喻詩，以之為主要內容的當推南宋嚴羽的《滄浪詩話》。眾所周知，此並非嚴羽之創見，蘇軾曾有「暫借好詩消永夜，每逢佳處輒參禪」〔註29〕之語。以禪喻詩，是以學禪的方法去學詩，所以與禪有關。禪宗以為自性是不可說的，有時不得不說，遂往往以形象語狀之，強調「活句」，崇尚「別趣」，追求「言外之意」，因此禪門的偈頌往往類於詩。以禪喻詩，則可以超於跡象，無事拘泥，不黏不脫，不即不離，以導人靈悟。

〔註28〕〈夜聽許十一誦詩愛而有作〉，《杜少陵集詳註》卷三。
〔註29〕見《蘇軾詩集》卷三十，「夜值玉堂，攜李之儀端叔詩百餘首，讀至半夜，書其後。」（台北：河洛圖書公司，1975 年）

　　以宋代范溫《潛溪詩眼》爲例，所提出的「句眼」雖前有黃庭堅
用之於書法評論上，〔註30〕但得自禪家之斧鑿仍可見，如「識」、「正
法眼」、「悟」：

> 山谷言學者若不見古人用意處，但得其皮毛，所以去之更
> 遠。……故學者要先以識爲主，如禪家所謂正法眼者。直
> 須具此眼目，方可入道。〔註31〕

> 子厚詩尤深遠難識，前賢亦未推重。……識文章者，當如
> 禪家有悟門。夫門法百千差別，要須自一轉悟入。如古人
> 文章直須先悟得一處，乃可通其他妙處。〔註32〕

在禪言「識」的含義是了別，心對於禪境能有正確的理解、分別眞
妄，但「識」的前提是要「正法眼」。所以，「如何是正法眼」成爲
禪林中的一句話頭，〔註33〕而在詩學中，「識」指的是對於詩歌藝
術、詩風變遷的眞正見解，要具備這種見解，就必須存有「正法眼」。
另外，「悟」在禪家的含義是「覺」，禪師悟道入門，往往有各種因
緣，但都藉由某處悟入，故謂「悟門」。讀古人詩，要能獲致眞正
見解（亦即「識」），必先透過某一點，如句法、詩境，或者對偶、
聲律。范溫在此便以此種類比來以禪喻詩。「悟門」一詞，宋代詩
論家不乏討論者，除了《潛溪詩眼》外，吳可的《藏海詩話》曰：
「凡作詩如參禪，須有悟門。」可見一斑。除此之外，《潛溪詩眼》

〔註30〕《跋法帖》，《豫章黃先生文集》卷廿八：「余嘗評書云：字中有筆，
　　　　如禪家句中有眼，直須具此眼者，乃能知之。」「句眼」之說，初時
　　　　時人不解，後流傳廣被，陳師道便曾以「句中有眼」來讚賞黃詩，
　　　　於《答魏衍黃預勉余作詩》曰：「句中有眼黃別駕，洗滌煩熱生清涼。」
　　　　（《後山居士集》卷四）范溫《句眼》一書，便是在黃庭堅的直接影
　　　　響下產生的。
〔註31〕郭紹虞《宋詩話輯佚》，「學詩貴識」條（台北：華正書局，1981 年），
　　　　頁 317。
〔註32〕同前註，「柳子厚詩」條，頁 328
〔註33〕如《汾陽無德禪師語錄》卷上：「問：『如何是正法眼？』師云：『已
　　　　曾敲瞎。』」《雲門匡眞禪師廣錄》卷上：「問：『如何是正法眼？』
　　　　師云：『普。』」《密庵和尚語錄》：「僧問：『如何是正法眼？』師云：
　　　　『草鞋無爽。』」類此之例甚多。

還有不少捃拾禪門習語論詩之處，如評杜甫〈櫻桃詩〉，謂「此詩如禪家所謂信手拈來，頭頭是道者」。〔註34〕於此可見出詩論中於禪門多所摭拾。

二、劉辰翁評杜的方式

由上一章所述，辰翁立身行事秉承儒家思想而為，但其所選批文集如評點老子、莊子、列子三書並予以闡明，知辰翁亦濡染他家思想，明代韓敬云：

> 能不向三子下注腳者，始能注腳三子，須溪先生所評唱是也。先生眼如簸箕，手如霹靂，而又胸無宿餡，故能伐山縋寶，縮海煎龍，經其點綴，莖草皆栴檀，片礫皆黃金也。
>
> （〈劉須溪先生批註三子序〉）

在此力贊辰翁能闡釋三子精義，玄妙之思在其手中如轉彈丸，經其批點，莖草皆栴檀，片礫皆黃金，雖不免過度誇飾，但卻可見辰翁對道家之典籍有相當程度的素養。

辰翁文集中，以「記」之體類最多，不乏記寺院之題材，如梵寺記、書齋記、書院記、縣學記，其中或論聖、或論仙、或論道、或論佛、或論禪，如：

> 萬古一寂也，一寂即萬古也，寂滅為樂，不在乎滅不滅，是謂善寂。（卷一：〈善寂大城記〉）
>
> 雖然盡大地如紉利兜率，皆人天小果，向非此一語而掃空，則其所修崇者，嶙嶸皆在胸次，亦可謂塞乎天地之間矣。（同上，〈永慶寺記〉）
>
> 偏大地佛身，則祇國在彼猶在此，祇園在此，則雙樹亦在此。（卷三：〈南康軍昭忠禪寺記〉）
>
> 住亦礙，不住亦礙，礙在不住，吾不住者，不離於住，吾住常住，住即不住，如江行船，身在船中，隨住即住，而

〔註34〕嚴羽《滄浪詩話・詩法》亦用此語，謂「學詩有三節，……及其透徹，則七縱八橫，信手拈來，頭頭是道矣。」（台北：廣文書局，1990 年）

都是沉鬱的，但由於韻急節奏明顯，讀來語調鏗鏘，自然有股振奮人心的力量，教人將那番鬱悶宣洩。

四、句法之錯綜

　　這項藝術也主要見於七言歌行體上，別人的七言歌行就是每句七字，縱然變化亦只偶然間雜些三字句、五字句。李白的變化是大大突出常軌，他的七言歌體中，可以有一字句、三字句、四、五、六、八、九、十、十一等字句，句子的長長短短，予人一種散文的感覺。而且，這類長短詩句中每多虛字，總不是精鍊濃密的辭，是看來水份多而隨便的虛辭；但整篇唸來，又不覺其鬆散，反覺其虛字之間，有種流動的氣勢，似將全篇貌似鬆散不精鍊的字組織得有一份張力。例如在〈江夏贈韋南陵冰〉詩中，全篇三十四句，在前二十句中，還規矩地用七字句，第廿一句以下，卻翻出變化：

> ……人悶還心悶，苦辛還苦辛。愁來飲酒二千石，寒灰重暖生陽春，山公醉後能騎馬，別是風流賢主人。頭陀雲月多僧氣，山水何嘗稱人意。不然鳴笳按鼓戲滄流，呼取江南女兒歌棹謳，我且爲君搥碎黃鶴樓，君亦爲吾倒却鸚鵡洲。赤壁爭雄如夢裏，且須歌舞寬離憂。

此段文字有五字句、有九字句，句子在整齊的一段後突生變化，令人直接地覺得作者的感情至此更形激動，規矩的句式已不堪承載這激動的氣，故不得不打破規矩，任用長短句來自由抒洩。另外要注意的，是那些變化了的五字句九字句，這些不規則句中又偏多重覆字，如「悶」、「還」、「苦辛」疊用；又偏多虛字，如「我且爲君」、「君亦爲吾」等等，這類字均令詩句的密度小了，空盪盪地可以任風來去，這些地方，最見氣之鼓盪。

　　更明顯表現的是〈蜀道難〉一詩。此詩言四川山水，除詩中聲調的巉巖不順，令人如感攀高山之艱難外；詩句的長長短短，更令人恍惚感到那山道的崎嶇不平，山巒的高高低低，光是聲調節奏，李白已可傳遞氣氛。

噫！吁！嚱！危乎高哉！蜀道之難難於上青天。蠶叢及魚鳧，開國何茫然，爾來四萬八千歲，不與秦塞通人烟。西當太白有鳥道，可以橫絕峨眉巔，地崩山摧壯士死，然後天梯石棧相鉤連。上有六龍回日之高標，下有衝波逆折之回川，黃鶴之飛尚不得過，猿猱欲度愁攀援。青泥何盤盤，百步九折縈巖巒。捫參歷井仰脅息，以手撫膺坐長嘆。問君西遊何時還，畏途巉巖不可攀，但見悲鳥號古木，雄飛雌從繞林間。又聞子規啼夜月，愁空山。蜀道之難難於上青天，使人聽此凋朱顏。連峯去天不盈尺，枯松倒挂倚絕壁。飛湍瀑流爭喧豗，砅崖轉石萬壑雷。其險也若此，嗟爾遠道之人胡爲乎來哉。劍閣崢嶸而崔嵬，一夫當關，萬夫莫開，所守或匪親，化爲狼與豺。朝避猛虎，夕避長蛇，磨牙吮血，殺人如麻。錦城雖云樂，不如早還家。蜀道之難難於上青天，側身西望長咨嗟。

此詩句式極變化之能事，除七言爲主外，一、三、四、五、九言句均有。最妙是其句子的長短聲調，恰足以加強表達句子的內容。例如首數句的一字、四字、跟着九字句，象徵登山者喘息的急促，復見到登山者的望山興歎。跟着的五字句，有種古老渾樸味，相應他所寫的蜀道歷史。其後的九字句「上有六龍回日之高標，下有衝波逆折之回川」，讀來令人覺得山勢迴旋曲折，連綿若句子本身的特有長度。至於三字句，有急促收勢、餘意不盡的效果，李白用「愁空山」三字句形容子規啼音，彷彿那悽楚的叫聲一直在空廓的山間迴蕩。四字句最堅實，他則用作議論山的險惡。最後再用九字句，重覆「蜀道之難難於上青天」，這句子先後出現三次，在篇中做成一典型意象，令人仰望高山，自覺力量的渺小。李白利用散文化的句式，在錯綜變化裡，加強了他的表達能力。

五、體　裁

在李白一千首詩裡，五言或七言律詩佔的比例很少，大多是古體詩與絕句。古體詩裡，有〈古風〉五十九首，是五言體，此組詩雖不

代蓬勃的論詩風氣。從另一方面來說，近體詩到了宋朝，發展更爲成熟，宋人已不僅只滿足於既有體裁的創作，而欲更進一步去賞鑑作品，以及有關作品外圍的種種，而最方便於隨手記錄的便是札記式的「詩話」體裁。時人應用這種隨手記錄式的批評法於詩文評點，原是取便於科舉，而辰翁之評點首先有自覺地擺脫科舉需要，評點諸家詩文集，其中運用於杜詩之批評，對於杜詩學最具意義。

　　二、北宋以降，杜詩集注的編纂繁多，諸家競相抄補，煩箋瑣注充斥，辰翁之批獨擺脫此陋習，能以讀者的立場指出其中優劣，並予學詩者指引一條賞詩之徑。

　　三、宋時文壇彌漫著一股禪風，當代士子或多或少莫不受到影響，紛紛以禪喻詩、援禪入詩，辰翁所受學養自不乏佛、禪之思，但他並不直接將杜詩拿來作一番禪喻，因爲杜詩氣格並不適如此，辰翁所掌握的是禪門啓人靈悟的非分解說來評點杜詩。

第五章　劉辰翁評杜內容之分類

　　辰翁一生所評點之書甚多，在詩集方面，唐人計有王維、孟浩然、杜甫、韋應物、孟郊、李賀，宋人則有王安石、蘇軾、陳與義、陸游；雖還有老、莊、列三子、《世說新語》《班馬異同》，但最用心的仍在詩評與鑑賞。

　　觀其實際批評，有能針對詩人之風格作整體性之論斷，條約細品，抉發出人所未見；亦有流於空泛，僅以「好」、「奇」、「妙」、「好句」等語帶過，無所謂高低優劣之分別，率意自道，充分展示了印象式批評的自由心證與隨興。綜合辰翁下批語的方式有二：一是循行摘墨，二是眉批總評。前者如在「百丈風潭上，千章夏木清」下批「看起兩句境。」〔註1〕後者如於詩末批曰：「吾讀此，再四感歎甚多，以其首尾備至故也。」即為眉批總評。辰翁有時兼用此二方式，有時僅取其一。雖然隨興漫批，然大體而言，皆對詩作能有所抉發，只是我們在探求辰翁的評點用心時，必須經過抽絲剝繭，才能在一則則缺乏條理的瑣碎評語中，尋繹出其審視的理路與含意。其方向大致朝：整理評價、闡發杜詩意蘊、不依註解、抒發個人胸臆、自然風味的品賞、

〔註1〕　卷二〈陪鄭廣文遊何將軍山林十首〉之二。本論文所引之劉辰翁批
　　　　　註語，均據《杜子美詩集》（國家圖書館館藏善本），以下不再贅述。

兼論其他詩人等角度詮釋。茲一一分析如下。

第一節　整體評價

　　常人論及杜甫，總是以其七律爲最，七律之體雖在初唐沈佺期、宋之問時即已成立，但多爲應酬贈答之作，至杜甫方得以提升七律的寫作價值與境界，在其一百五十多首的七律之中，格律嚴謹，內容豐富且情意眞摯。辰翁相當推崇子美長篇，他人無法掌握其神化，即使天才如李白、韓愈也少能企及；雖然五律七律略有拙處，但時時有驚人之筆，儘管未必對之有完全了解，但不妨礙其高妙。譽之爲「杜子美大篇，江湖轉怪不惻，雖太白、退之天才罕及。」〔註2〕在有唐以前，五古、七古已有大量作品，五律和絕句之產生亦先於唐朝的建立，惟杜甫吸取前代與同時之人七律創作的經驗，對七律的藝術成就，具有卓著的貢獻。辰翁在〈致白廷玉詩〉中云：

> 若七言宕麗，或更入於古野，而不爲俚，亦惟作者自知，雖大家數不能評也。此筆絕於世久，紛紛一花一葉，飾姿弄鬢，徒亂人意。〔註3〕

辰翁論及老杜之詩時，往往將「七言」或「七律」混爲一談，如下一則所引逕稱「七言錄」，以此觀之，他是將七律包含在七言之中，認爲子美七言之風格，爲宕麗或入於古野，宕麗爲跌宕又具麗采，古野就是剝落丹采自有野放古樸之姿，卻不同於一般俚俗之作。辰翁給予子美七律的整體風格爲「放蕩」，至於其文字效果則宕麗、古野，通過宕麗、古野的文字，而呈現出豪放的風格。至於辰翁提出的「大家數」一詞，和「小家數」一樣，本是禪語，首先以之用來評詩的是葉適，〔註4〕劉後村更以之大事應用於論詩，其定義爲：「凡大家數擅名

〔註2〕《須溪集》卷六，〈致白廷玉詩〉。

〔註3〕《須溪集》卷六，亦見《杜子美詩集》總論。

〔註4〕詳見《水心集》卷二十七〈答劉子至書〉：「蓋且風雅騷人之後，占得大家數不過六七，蘇李至庾信通作一大家，而韋蘇州皆兼有之，陶元亮則又盡棄眾人家具而獨作一大家者也。」

今古，大丹之成者也；小家數各鳴所長，內丹之成者也。(《後村大全集》卷九十六〈王與義詩序〉)」所謂「大、小家數」皆可稱卓然成家的作者，二者只有氣象上的不同；大家數能通貫古今，兼備各家之長，﹝註5﹞而小家數則只能鳴一家之長。相較之下，辰翁對大家數的要求便較寬些，認爲「唐宋大家數，未易兼善也。」﹝註6﹞在他而言，大家數的詩只要句意渾厚，「決不爲小兒語求工者」﹝註7﹞便是好詩，即使是大家數也未必兼善，不若後村所要求的必須兼善兼美。由此可見辰翁論詩所持態度頗爲溫厚，蓋作者才性各有所偏，未必各種文類皆能精通，故一般咸認爲子美的五絕平淡無奇，但瑕不掩瑜，不必拘於格律字句，正因大家數未必兼善。宕麗詩風之評論亦可以從其實際批點中得見：

> 子美七言律每每放蕩，此又參差竹枝之比，三首皆然。(卷十二：〈十二月一日三首〉「百丈誰家上瀨船」下雄豪放蕩，語盡氣盡。他人稱豪說霸，更不足道。﹝註8﹞

> 其跌蕩創體類自得意，故成一家言。(卷三：〈送孔巢父謝病歸遊江東兼呈李白〉「道甫問信今何如」下)

> 豪直是豪，放直是放，今人愛惜情事，開口亦難。(卷七：〈江畔獨步尋花七絕句之四〉)

> 駘蕩稱情，政是子美借四娘耳，豈無似此，無此英氣。(卷七：〈江畔獨步尋花七絕之六〉末)

﹝註5﹞ 在辰翁評杜詩中，亦不乏見有關「大家數」之評，如：卷三〈臨邑舍弟書至，苦雨黃河泛濫隄防之患，簿領所憂，因寄此詩，用寬其意〉；又如同上〈臘日〉；又如卷四〈奉贈王中允維〉。雖然大小家數都後村心目中的理想詩人，但「小家數」一詞在《後村大全集》卷九十七〈聽蛙詩〉中卻有貶意：「近時小家數不過點對風月花鳥，脫胎前人別情閨思，以爲天下之美在是，然力量輕，邊幅窘，萬人一律。」

﹝註6﹞ 《須溪集》卷六，〈趙仲仁詩序〉。

﹝註7﹞ 見《孟浩然詩集》卷下第四冊辰翁所批：「決不爲小兒語求工者。」〈赴京途中遇雪〉，「飢鳥噪野田」下。

﹝註8﹞ 卷三：〈曲江三章章五句〉「短衣匹馬隨李廣，看射猛虎終殘年」下。

具八九絕，皆放蕩自然，足洗凡陋，何必竹枝樂府哉？（卷
七：〈春水生二絕〉末，案：前有〈江畔獨步尋花〉七首，故此二首
謂八九）

語意盡放。（卷七：〈汀村〉「稚子敲針作釣鉤」下）

律句有此，自覺雄渾。（卷十五：〈秋興八首〉之五，「東來紫氣
滿函關」下）

句自雄暢。（卷十七：〈九日五首〉之五「不盡長江滾滾來」下）

這些評語或論一二詩句之氣勢，或論全詩之氣勢，或論一組連章詩之
氣勢，皆為老杜特有之英氣，他人無法企及。子美詩的雄渾，不僅是
表現在七律之中，其〈登岳陽樓〉亦堪稱佳作，辰翁評曰：「氣壓百代，
為五言雄渾之絕，下兩句略不用意，而情境適等。」（卷十九，「乾坤
日夜浮」下）故整體而言，辰翁對老杜之評價為豪放自然，雄渾圓熟。

第二節　闡發杜詩意蘊

辰翁在其《須溪集》〈題劉玉田選杜詩〉中曾云：

予評唐、宋諸家，類反覆作者深意，跋涉何限？（卷六）

自述其作為一批評家的審慎態度，在批評唐宋諸家時基於「反覆作者深
意」的心態，為了體會作者深意，須經過「跋涉何限」的工夫。詩之哀
未必真哀，詩之樂未必真樂，所謂「詩雖流連景物，他人以為隨世可樂
者，未嘗不痛飲大噱，而其極嘗有流涕可憐之色。」（《須溪集》卷六）
作者的深意往往隱在字裡行間，絕不可執著文字外象，必須探究作者本
心，始悟詩的精微處。這種探究作者本心的批評態度，一再地實踐於辰
翁的評點之中，如杜詩評點卷二〈麗人行〉，「青鳥飛去銜紅巾」批曰：
「作者之意，自不必人人能識也。」於《須溪先生校本韋蘇州集》卷三
「雲行寄褒子」下亦批曰：「乍看不上，久覺善畫，故知作者苦心。」
故辰翁在「跋涉何限」之後「反覆作者深意」，以得作者用心；而得出
作者用心的具體方法便是細讀。經過細讀的工夫，揣摩字句，進入作者
的內在心靈，才能別有會心。茲舉〈蕭禹道詩序〉說明之：

　　嘗過友人，坐間有杜詩一部，試開卷，第一句云「一縣蒲萄
　　熟」。余問：此有意否？其人大笑曰：一縣蒲萄熟即一縣蒲萄
　　熟耳。余曰：題爲寓目，下言苜蓿，政謂此二物皆北地所生，
　　今滿眼見矣。未喻。信手復閱一卷，指第一句「生平鵾冠子」，
　　舊解曰：鵾冠子，隱人也。其人即不復問，揖余坐。余因自
　　念，此顏駟之嘆也，故其下云「眼復幾時暗，耳從前月聾」。
　　其厭世自悼如此，肯疊鵾冠子對鹿皮翁，徒道一隱字哉！今
　　人未必知古人，而有輕古人之色，漫謂尋常語即尋常意。試
　　使宿留思之，未有不自見而色已如此。(《須溪集》卷六)

可見得辰翁讀詩經過一番理性思維的處理，抱著「試使宿留思之，未
有不自見而色已如此」的態度。「一縣蒲萄熟」爲原詩句首「一縣蒲
萄熟，秋山苜蓿多」。「蒲萄」與「苜蓿」都是北地所出，而子美喪亂
流離至西蜀，藉產物之異而有感慨，故不可等閒視之，不可因其爲尋
常語而有所忽略，必須細細咀嚼，才能品味作品優劣。細讀尋繹的跋
涉工夫是批評者的必備的條件，也是辰翁鑑評作品時嚴謹的一面。

　　子美因羨何林之趣，至欲賣書結茅，甚形容其志願也。(卷
　　二：〈陪鄭廣文遊何將軍山林十首〉之四「盡捥書藉賣，來問爾東家」)

　　言船已覆矣，空隨秋色而去，猶前字無聊之意，此舟必當時
　　求藥方之類。(卷十五：〈覆舟二首〉「使者隨秋色，迢迢獨上天」下)

辰翁亦旁引他人評論以資比較：

　　誠齋謂此譏諸公會不見招，雖至狠淺得義外意。(卷十八：〈和
　　江陵宋大少府暮春雨後同諸公及舍弟宴書齋〉末)

　　此篇句句著畫意，政似未離本處，謂義盡，分明兒童之見
　　也。(卷十一：〈奉觀嚴鄭公廳事岷山沱江圖書十韻得忘字〉末)

　　此外，辰翁評詩時亦有圓融、活通的一面，在〈題劉玉田選杜詩〉
中云：

　　凡大人語，不拘一義，亦其通脫透活自然。(《須溪集》卷六)

詩人將內心思考表達爲文字之中，情思必經幾番轉折，也許予以精簡
濃縮，也許賦與更豐富的意義，故辰翁認爲詩歌往往具有多重的含
義。如李義山的無題詩，或釋爲迷離惝恍的愛情，或以爲政治見解的

象徵，不一而足，觀義山詩則眾解皆成理，卻不廢其詩文的成就。故謂大家數之語，不拘一義。作者在創作時既已具有多義性，何妨讀者亦採取通脫靈活的解詩觀，「各隨所得，別自有用」〔註9〕呢？由下列各條杜詩的實際批點中，可見出其不拘泥甚解的態度：

> 盪胸語不必可解，登高意豁，自見其趣。（卷一：〈望嶽〉「盪胸生層雲」下）

> 南極朝北斗，不必可解。（卷十七：〈送李十八秘赴杜相公幕〉「南極一星朝北斗」下）

> 平常景多少幽意，爲小儒牽強解事，讀之可惜。（卷七：〈漫興九首〉之七末）

> 語不必其盡，不必可解，漫發此義。（卷十四：〈巫峽敝盧奉贈待御四舅別之澧朗〉，「山鬼閉門中」下）

> 幾不可解而有味。（卷十五，〈秋日寄題鄭監湖上亭三首之三〉，「施玉豈吾身」下）

> 語至不可解，則妙矣。（卷十七：〈曉望〉，「天清木葉聞」下）

> 不可解，不必解。（卷十一：〈題桃樹〉，「天下車書正一家」下）

> 此等拙句，殆不可解，猶以爲含蓄。（卷十七：〈夔州歌十絕句〉之三末「比訝漁陽結怨恨，元聽舜日舊蕭韶」下）

> 聞字不可解，必聞字也。（卷十八：〈和江陵宋大少府暮春雨後同諸公及舍弟宴書齋〉「書齋聞爾爲」下）

在循行摘墨時，亦不乏這種隨興式的話題，樂不可解，亦不必解，渾然只是辰翁的直覺反應，自不必以常解拘之。

細觀辰翁之評，固然在引起讀者賞詩之興會，但是各人觀詩之態度，因時因地因情因景或有不同；然只要能心神領會，自圓其說即可，不必拘於一義，未必執著一說。此外，又認爲「語不必可解而得之於心」，〔註10〕語義不一定要說盡、說透，〔註11〕態度相當自由而寬豁，

〔註 9〕見《須溪集》卷六，〈題劉玉田選杜詩〉。
〔註10〕《箋注評點李長吉歌詩》卷一：〈貴公子夜闌曲〉。

與宋代治學嚴密之習迥然不同。即使像杜甫這樣的大家數亦有未盡完美之作，辰翁讀到「晚來橫吹來，泓下亦龍吟」時毫不客氣地揮筆註云：「無可取。」〔註12〕讀到「藻鏡留連客」亦不欣賞：「藻鏡亦拙。」〔註13〕而在下句「江山憔悴人」下方表贊許：「憔悴字活，道塗之歎，流滯之感也。」從中不難發現辰翁善於抉發杜詩中那份流離困頓、身心交寒的幽微。在辰翁的畫龍點睛或略施評點之下，老杜的詩旨格外明晰。

第三節　不依注解

　　由「不拘一義」可見辰翁的鑑詩觀念相當先進，而由其評點中更可以看出，他觀詩並不依附註解，更是一大創見，這無疑與反對當時宋人反覆杜注、挖鑿經義以附會的風氣有關。在杜詩評點中便有所反映：

>　　野人漫興，深入情盡，豈復有能注者。(卷七：〈漫興九首〉之九「誰謂朝來不作意，狂風挽斷最長條」下)
>
>　　卻是暗用莊子披依注，又不曉。(卷七：〈漫成二首〉之一「只作披衣慣」下)
>
>　　駘蕩稱情，政是子美借四娘耳，豈無似此，無此英氣。(卷七：〈江畔獨步尋花七絕句之六〉末)
>
>　　今人雖褻語不能道，無胸次故。(卷十二：〈宴戎州楊使君東樓〉「座從歌姑密，樂任主人為」下)
>
>　　豈有解詩專作寓言。(卷三：〈白水縣崔少府十夷翁高齋三十韻「殷殷尋地脈」〉下)

辰翁的大原則是觀詩不信注，〔註14〕因為注解有時反而會造成誤解，

〔註11〕辰翁有關詩不必可解，不一定要說盡的評點頗多，評點他書之例如：不可解，亦自好。《箋注評點李長吉歌詩》卷四：〈月漉漉篇〉，「月漉漉，煙波玉」下）事不必相著，語不必可解。《增刊校正王狀元集注分類東坡先生詩》卷十二：〈破琴詩并引〉）

〔註12〕卷一：〈劉九法曹鄭瑕丘石門宴集〉末。

〔註13〕卷十七：〈送孟十二倉曹赴東京選〉。

〔註14〕在《增刊校正王狀元集註分類東坡先生詩》卷十九〈用前韻再和霍

弄巧成拙。當時不少文人學士專致聲律訓詁，延用孟子以來知人論世
的觀念詩論詩之外緣資料，並未就詩論詩，於是辰翁希望指引出一條
賞詩之道，宜從詩入手，就詩本身去論詩，亦不專採某種論詩的方式
（例如寓言的方式），詩自有其多義性，須反覆揣摩作者的用心，以
得到真正的詩旨。可見辰翁所作的只是導引鑑賞的工作，而非權威性
的論斷。但辰翁並非完全否認注解的功用，如果注解能使讀者更了解
詩旨，則不廢注解，否則盡信注則不如無注。

辰翁在評點中亦不斷印證他這種理念：

誠齋謂此識諸公會不見招，雖至猥淺得義外意。（卷十八：〈和
江陵宋大少府暮春雨後同諸公及舍弟宴書齋〉）

此篇句句著畫意，政似未離本處，謂義盡，分明兒童之見
也。（卷十一：〈奉觀嚴公廳事泯山沱江畫圖十韻得忘字〉）

他並不常引他人之論見，但由其評點中不難得見他所閱必多，方能夠
適度地援引加以指瑕裁斷。評語中偶有指瑕之處，亦不大費周章搬出
長篇典故以印證，如「若訪衰翁語，須令臘客迷」下批曰：「勝必臘
也，字誤。」〔註15〕

值得一提的是，詩文中難免牽涉到歷史實證，援用及於詩中
時，辰翁認為典故本身是一堆現存而刻板的資料，雖然其本身已凝
結了許多意念，但作者要先將這些意念化為己有，方不致左支右
絀，為典所役，才高者甚至能驅遣自如，巧妙融入詩文而堆砌況味，
就如韓信使用「置之死地而後生，置之死地而後存」般，將死典活
用，得法外意。

第四節　抒發個人胸臆

辰翁晚年隱遁不出，將滿腔懷抱轉於詩文評點之中，難免在筆
下流露出於時不遇的憤懣，於老杜之淒清心境體會甚多。茲舉二例：

大夫〉批曰：「虎頭謂處州而注指常州，觀詩信註，豈不謬哉！」
〔註15〕卷十八〈自瀼西荊扉且移居東屯茅屋四首〉。

　　不謂魑魅喜人尉，其寂寞乃魑魅猶能知此人之來以爲喜，
　　則朝廷之士不如魑魅亦多矣。觀上「憎」字，便見作者之
　　意痛快。（卷五：〈天末懷李白〉，「文章憎命達，魑魅喜人過」下）

此詩爲老杜客居秦州時，思念李白所作，全篇不乏寄寓己身懷抱之
思，老杜云「文章憎命達，魑魅喜人過」，意謂文才出眾者總是命
運多舛，而朝廷之忠臣總是遭奸邪小人所誣，議論中帶情韻，對比
中富隱喻，高步瀛引邵蕱評曰：「一憎一喜，遂令文人無置身地。」
〔註16〕辰翁對老杜的遭遇心有戚戚焉，是因辰翁在朝時，目睹佞臣
賈似道專擅朝政，並殺直臣以蔽言路，頗不能苟同，曾自表心跡云：
「吾平生觸事感憤，或急欲語不自達，雖消磨至盡，終覺激至梗塞。」
〔註17〕峭直耿介之性格使得辰翁格外能體會老杜沈重的心境，但其
批語欲從另一角度而言，云魑魅非人，尚且知人來爲喜；而朝廷之
人不能辨忠奸，反而不如魑魅，深以「吾道孤」爲寂寞。辰翁並對
老杜所用「憎」字表示了高度的讚賞，藉由此字彷彿二人懷抱外相
通。

　　淺淺語，使人愁。（卷五：〈月夜憶舍弟〉，「露從今夜白，月是故
　　鄉明」下）

老杜詩「露從今夜白，月是故鄉明」作於安史之亂猶未平息之時，
攜著家小避居秦州，天上孤鴻的哀鳴正是雜亂之人無告的心聲，時
序的漸移使露水愈加晶瑩潔白、天候更爲寒冷，詩人外感於景物對
心緒的影響，秋意漸濃，益增愁緒。月光普照大地，無處不明，但
詩人卻一廂情願地說只有故鄉的月才明，此種「無理」之語，顯示
了主觀情思的價值認定。辰翁所批雖寥寥六字，道盡了老杜詩中隱
藏的哀嘆，也趁機抒發了辰翁個人的愁緒。他曾作〈水調歌頭〉自
遣心事：「不飲強須飲，今日是重陽。向來健者安在，心事兩茫茫。
叔子去人遠矣，政復何關人事，墮落忽成行。叔子淚自墮，湮沒使

────────────

〔註16〕見高步瀛：《唐宋詩舉要》（台北：藝文印書館，1970年）。
〔註17〕《須溪集》卷六，〈送段郁文序〉。

人傷。」〔註18〕時序依然遞嬗，人事卻滄茫雜亂，最是人間悲處，情何以堪？

第五節　自然風味的品賞

　　承襲了東坡以來崇尚「自然說」的特色，辰翁對於作品的風格，抱持著平淡、自然的態度，他固然欣賞王維、白居易等人的自然恬淡，亦賞味老杜、放翁的老成渾厚。例如評王維：

　　無言而有畫意。（《王右丞集》卷四：〈鹿柴〉末二句下）

　　語皆不刻而近。（同上，卷六：〈班婕妤〉之三）

評孟浩然：

　　工處渾然，不似深思者。（《孟浩然詩集》卷上第二冊：〈陪張丞相自松江東泊渚宮〉，「一登舟命楫師」句下）

　　大巧若拙。（同上，卷下第四冊：〈裴司士員司戶見尋〉）

　　語欲其野，直以意勝，而有情致。（同上，卷上第二冊：〈早梅〉）

讚其未經雕琢刻劃而自然切合所表現的事物，頗以其清妙自然類己性情為喜；而對杜詩中清新有味，不著斧跡的詩亦鍾愛不已，在杜詩的評點之中，這類的評語俯拾皆是：

　　隨事有氣，無不可寫。（卷一：〈臨邑舍弟書至苦雨黃河泛濫隄防之患簿領所憂因寄此詩手寬其意〉「白屋留孤樹，青天失萬艘」下）

　　情景玄淡，脫活自在。（卷二：〈奉先劉少府新畫山水障歌〉）

　　不必有來處，自是好。（卷五：〈野望〉「獨鶴歸何晚，昏鴉已滿林」下）

　　不論如何，自是麗句。（卷五：〈山寺〉「麝香眠石竹，鸚鵡啄金桃」下）

　　自是好語。（卷十四：〈贈崔十三評事公輔〉「道屈爾何為」下）

　　一語便奇。（卷十七：〈魏將軍歌〉「將軍昔著從軍衫」下）

〔註18〕《須溪集》卷十〈水調歌頭〉。

　　五字妙在目前，世間常有此語，自不多遇。(卷六：〈兩當縣
　　吳十侍御江上宅〉「寒城朝煙淡」下)

　　寫景貴得自然。(卷六：〈遣懷〉「水淨樓陰直」下)

　　偶然語，偶然道之耳。(卷七：〈漫成二首〉之二「仰面貪看馬，
　　回首錯應人」下)

　　景語閒曠。(卷一：〈佟宴左氏莊〉「春星帶草堂」)

　　隨意點染，愁絕如畫。(卷二：〈送張二十參軍赴蜀州因呈楊五侍
　　御〉「萬點蜀山尖」下)

由評語中道出欣賞老杜純任一己自然的胸臆，亦稱許老杜寓目所見景
語皆情語的自然率真。辰翁評詩往往從寫實、賦物、抒情不同角度著
手，又如在「天寒鳥已歸，月出山更靜」下批曰：「自然境，自然語。」
(卷六：〈西枝尋置草堂地夜宿贊公土室二首〉之一) 又如「寒城朝
煙淡」下評曰：「五字妙在目前。」(卷六：〈兩當縣吳十侍御江上宅〉)
將外界自然景色原貌呈現，且賦物語不須多，妙在情思曲折隱映，並
體會老土閒居時渾漫自得的心境，老杜的心緒似乎在辰翁的「隨意點
染」下，在讀者面前兀自開展了一片詮釋的自由空間。

　　他最為鄙視的便是時風的抄襲剽竊，在《須溪集》中提到：「詩自
小夫賤隸興寄深厚，後來作者必不能及，《左傳》、《史》、《漢》間記人
語言，亦不特公卿世家為有典刑，雖何物老人，至鄙俗不可口者，倉卒
間對可誦，而舉科舉能時文而止，而時文亦復猥陋不達，第尺牘何等塗
抹絕倒，或綜前名合選，大官要職至斲窗丏買金籠鑿致，不能得言本色。」
(卷六：〈曾季章家集序〉)認為小夫賤隸的詩有時不免俚俗，但興寄深
厚，感人亦深。後來的作者即使有深厚的學力也未必能及，甚或抄襲湊
泊，失卻真心，辰翁對於為求取科舉而偽性偽情之作毫不假以辭色；然
而對於語意真誠不蹈襲諸作的作品，辰翁是不吝於推舉的，例如在《須
溪集》中便讚美時人黃純父曰：「君文不蹈襲，諸作不為時文議論、講
義註疏，而辭事義理俱至，清整酣暢，足自為家，詩亦有詩致，竭目前
意，樸厚雅馴，視他人能此復少。」(卷七〈黃純父墓誌銘〉)因此，在

消極方面辰翁鄙斥這些毫無眞情與創意的蹈襲之作，積極方面他能欣賞自然流動，富有眞情的作品。再試看他批〈重過何氏五首〉：「此與蜻蜓立釣絲，閒趣畫景，兩極自然。」（卷二「花妥鶯捎蝶，溪喧獺趁魚」下）並不刻意去描摹那份閒情如畫的景緻，而自有其妙趣。

此外，辰翁並好賞玩詩中之「味」，喜在評語中加入其品詩之後的餘「味」，諸如此類的杜詩評語不勝枚舉，聊舉數例明之：

上下亦通有味。（卷二：〈病後過王倚飲贈歌〉「老馬為駒總不虛」下）

無緊要，有風味。（卷二：〈驄馬行〉「銀鞍卻覆香羅帕」下）

眞率有味。（卷七：〈漫成二首〉之二「讀書難字過」下）

結細潤有味。（卷八：〈水檻遺心二首〉之二末「淺把涓涓酒，深憑送此生」下）

纏纏有味。（卷十四：〈除草〉「芒刺在我背，焉能待高秋」下）

無味。（卷十三：〈往在〉「天子惟孝孫」下）

牽強無味。（卷十四：〈園官送菜把本數日闕矧苦苣馬齒掩乎嘉蔬傷小人妒害君子不足道也，比而作詩〉「絲麻雜羅紈」下）

「滋味」說本始於鍾嶸，是對詩細細玩味得來的美感，辰翁將「味」又分「風味」、「眞率」、「細潤」、「纏纏」，相當細膩。美感本是由感性的形式而引發心靈愉悅的高度精神活動，「味」原本是屬於食物觸發口舌引起的感覺，用在音樂或引起性靈愉目悅耳之感的「味」，可上溯到西周，《左傳》中便記載「聲亦如味」，使味覺顯示了音樂美感作用於感官得來的審美概念。宋畫家宗炳以老莊美學思想來闡發繪畫理論云：「聖人含道應物，賢者澄懷味象。」〔註19〕進一步將「味」與藝術形象的「象」結合起來，詩人在詩中儘可以營造出一份具有美感的形象，使賞詩者吟詠再三，咀嚼玩味並低迴不已。在宗炳之後的陸機、劉勰也都曾以「味」作爲審美概念表述見解，〔註20〕但是較辰

〔註19〕見宗炳：《弘明集》〈畫山水序〉。

〔註20〕「或清虛以婉約，每除煩而去濫，闕大羹之遺味，同朱絃之清氾。雖一唱而三嘆，固既雅而不艷。」（陸機《文賦》）「根柢槃深，枝葉

翁在此提出的「味」不同，陸、劉要求詩賦的內容、語言形式、表現技巧都要有「味」，以便能符合詩賦創作和批評賞鑑的原則；辰翁在此則不刻意作多方面的嚴正要求，僅以引起當下直感為意，只要能夠「率意自道」、「隨事紀事」，「時時處處妙意皆可拾得」〔註21〕的自然風味，便是為辰翁所津津樂道的詩句。

第六節 兼言其他詩人

唐代以來，杜詩幾乎影響了宋朝每一位詩人，不獨黃山谷以杜甫詩為宗，辰翁在杜詩評點中提及的便有東坡、簡齋、後山、放翁等人。如提到東坡的有：

> 形容驕貴，至黃門飛鞚不動塵，自是氣象，後來東坡借用貼出得又明。(《杜子美詩集》卷二:〈麗人行〉「黃門飛鞚不動塵」下)
>
> 此坡賦之祖 (同上，卷十四:〈瀼濆堆〉「天意存傾覆，神功接混茫」下)

提到簡齋的有：

> 極是恨意，後來作者皆不及，簡齋步驟略近。(同上，卷十一:〈過故胡斯校書莊二首〉「竟無宣室召，徒有茂陵求」下)

提到後山的有：

> 句意緊嚴，後山概得之，故節度森嚴。(同上，卷八:〈宮池春鴈二首〉之二「翅在雲天終不遠，力微繒繳絕須防」下)

提到放翁的有：

> 放翁曾用此句格，似以可字作敢字、肯字看，極是。(同上，卷七:〈江畔獨步尋花七絕句〉之五「桃花一簇開無主，可愛深紅愛淺紅」下)
>
> 放翁以也字作夜音，最得村意，(同上，卷七:〈遣意二首〉之二「鄰人有美酒，稚子也能賒」下)

> 峻茂，辭約而旨豐，事近而喻遠，是以往者雖舊，餘味日新。」(《文心雕龍‧宗經篇》)

〔註21〕見《須溪集》卷六，〈陳生詩序〉。

書生張皇軍國，願幸功成，類如此可嘆，子美猶始祖也，
至放翁厭矣。吾題說於此，亦自厭也。(同上，卷十一:〈青絲〉
「殿前兵馬破汝時，十月即為虀粉期」下)

辰翁認為後山句意謹嚴，得之於老杜;而簡齋筆力的遒勁差可擬老杜之
氣慨。在評放翁詩時，最欣賞其忠愛於國之作，感慨自己及放翁皆秉性
忠愛之文人，奈何有志無時，不能有所施展，退而發抒於詩，馳騁自身
抱負，畢竟只是「書生張皇軍國，願幸功成」罷了!故嘆「亦自厭也」。

其中以東坡給予他的影響較深。辰翁所主張的「自然說」，可說
得自於東坡。宋朝自歐陽脩、蘇洵父子以來就有論詩主張自然之說，
尤其是東坡藉著自身創作經驗以闡發「自然成文」的道理，影響有宋
一代甚鉅。例如東坡云:「大略如行雲流水，初無定質，但常行於所
當行，常止於不可不止，文理自然，姿態橫生。」〔註22〕受到南宋各
詩派影響且十分推崇東坡的辰翁，主張「自然」的文學觀念是很自然
的，在《須溪集》中認為松聲即為天然的風吹拂松樹所發出的聲音，
為自然之音，「詩而似此則天矣」，詩若能如松聲之自然形成，則臻高
妙渾成的境界。〔註23〕比較東坡和辰翁的自然說，皆貴自然自得而寫
詩，前者重視滿心而發、水到渠成的創作經驗，而後者則重視詩的風
格應以自然為宗，才能表現出近乎天籟的作品。二者並無扞格之處，
因滿心而發，自然而然地作品不假造作，不事無謂的雕琢，呈現之風
格必較為自然。在辰翁的實際評點之中，亦有此例:「漸近自然。」
〔註24〕而嚴格說起來，辰翁所有的評點，就正是其「自然」觀念的實
踐。

綜合以上歸納，辰翁的評詩觀念相當通活，不盡依注解，亦不強

〔註22〕《東坡全集》後集卷十四〈答謝師民書〉。
〔註23〕卷六:〈松聲詩序〉:「吾何為聽之聲，皆出於自然為籟而有小有大，
若近若遠，或離或合，高下變態磅礴恣肆者，未有若夫松之為聲
也。……天使閒人才似此則老峻茂，文武威風，皆當充塞宇宙，詩
而似此則天矣。」旨在讚美豫章熊氏之詩風非世間凡俗的簫笛之音，
而是松聲。
〔註24〕卷十:〈城上〉，「風吹花片片，春動水茫茫」。

作解釋，讀杜詩時經過一番個人的消解後，留下的是頗爲清新的評
語。辰翁對於杜詩的看法，可概分爲以下幾點：

　　一、律詩詩風宕麗古野，豪放沈渾，以長篇最佳。絕句則無評。

　　二、老杜工於鍊字，嚴於格律，雖有拙處，然瑕不掩瑜。

　　三、推許老杜之詩具有「大家數」之內涵。

第六章　劉辰翁評杜內容之評議

　　有關辰翁評杜時，其著眼點在於那些？以及辰翁藉詩明志這樣的評語是否恰當？都是本章所要探討的。大體而言，有關於對杜詩的用字遣詞所作的批語較多，亦較其他寥寥數語之漫批來得具體，故以之爲評議重點。同時亦針對辰翁評杜之全貌，進行逐句檢索，以明辰翁實際評議之本心。

第一節　辰翁評其用字遣詞

　　受到江西詩派講究句法、句眼的影響，辰翁在實際評杜詩時，十分注意子美字句的驅遣，指出警字警句或劣字劣句，並予以分析說明，在用字方面，舉辰翁的實際評杜之句爲例，如「舊摘人頻異」句下（見卷十二〈雲安夷日鄭十八攜酒陪諸公宴〉）評曰：

> 只一頻字而上下二三十年無不可感，與去年明年語別，故知作者用心之苦，語不在多。

「衣冠卻扈從」見卷十〈收京〉評曰：

> 只一卻字便見前此當扈從而不扈從，與收京後再見官儀之喜，流落自還，種種有之，此詩之妙不可勝舉者，無不可舉。

「遠愧梁江總」見卷三〈晚行口號〉評曰：

> 人知江令自陳入隋，不知其自梁時已達官矣，自梁入陳，

> 又自陳入隋，歸尚黑頭，其人物心事可知，著一梁字而不
> 勝其愧矣，詩之妙如此，豈待罵哉！

事實上，於〈陳宏叟詩序〉中，辰翁便曾提到他對於闡明修辭用字的
看法：

> 小隱陳君以九日過我，因爲誦老杜：「舊摘人頻異」，徒一
> 「頻」字而上下二三十年存殁離合之際，無不具見，但覺去
> 年明年之感，未極平生。又如「衣冠卻扈從」爲還京之喜與？
> 先時不及扈從，而今扈從，道旁觀者之歎，班行回首之悲，
> 盡在一「卻」字中，然此猶以虛字見意。如「遠愧梁江總，
> 還家尚黑頭」，纔一「梁」字耳，舉梁而入陳、入隋，不勝
> 其愧。人知江令之爲隋臣而已，三誦此語，復何必深切著明，
> 攘臂而起，正色而議哉？往往讀者又以實字忽之。今人詩五
> 字或贅二字，不可以不知也。（《須溪集》卷六）

這段文字舉出杜詩「舊摘人頻異」、「衣冠卻扈從」、「遠愧梁江總」三
句爲例，認爲「頻」字道盡今昔滄桑之感，「卻」字具見還京之喜，而
「梁」字不勝慚愧之情，「頻」、「卻」爲虛字，「梁」爲實字，辰翁所
謂的虛字是與實字相對，涵義較廣的，故實際上，「頻」、「卻」二字乃
副詞，被包括在虛字之中，反映了宋人喜以虛字、副詞等入詩的效果。
這種喜好可說是承襲老杜而來的，一般而言，在詩句中下一生動而靈
活的動詞已非易事，若要將其他詞性當作動詞般使用就更難了，宋人
在詩中喜運用副詞，對於以副詞爲動詞的用法更覺神妙無比。杜甫在
這方面有很好的範例，爲宋人所從。如老杜「古牆猶竹色，虛閣自松
聲」及「入天猶石色，穿水忽雲根」，「猶」與「忽」字，很少被當作
動詞，但老杜卻巧妙地把捉了二字的精微，如同《對床夜語》所云：「二
字如浮雲著風，閃爍無定，誰能跡其妙處。」然而，宋人在師法老杜
時，頗知由前人詩作歸納出用字之法，但只是將之照樣模仿，落作形
跡，並不能把握杜甫用字的靈妙，[註1] 過分專致於對於副詞、虛字入

〔註1〕如葉夢得《石林詩話》所說：「詩人以一字爲工，世固知之，惟老杜
變化開闔，出奇無窮，殆不可以形跡捕。如『江山有巴蜀，棟宇自

詩的結果，反而忽略了實字，故辰翁提出不可「以實字忽之」的說法，
與當時論詩見解不同，亦可見出其評之細緻。

其他類此指出警句之例不勝枚舉，如：

> 等閒星月，著一湧字，矍覺不同。(卷十二：〈旅夜書懷〉「月湧
> 大江流」句下)

原文兩句在描寫江山之中星月爭輝，渾然營造出了一幅立體而跳動的
景象，「湧」字實功不可沒。

> 吹字難下。(卷四：〈江漲〉，「大聲吹地轉」句下)

「大聲吹地轉，高浪蹴天浮」二句寫江漲奔騰氣勢的驚人，「吹」字
用得警拔，故有此評。

> 壯麗自是，若非微字，清麗不免癡肥矣，讜發此義。(卷四：
> 〈奉和賈至舍人早期大明宮〉，「宮殿風微燕雀高」句下)

在早朝或應制時，連綴堂皇而冠冕之字，本為時風，不過由於頌辭累
牘，乃君主時代人臣的本分，故難得有佳作。老杜身遭喪亂，在描寫
昇平高華氣象時，仍能一往豪壯，幾無衰颯之氣。「旌旗日暖龍蛇動，
宮殿風微燕雀高」二句狀大明宮景象，的確聲彩壯麗，而「微」字
使得壯麗之中有清致之韻，不流於俗麗，辰翁批評至當。

> 動字最佳，長篇著兩語如此，豈不軒豁，浮、動二字相若
> 而動為勝。(卷八：〈奉和嚴中丞西域晚眺十韻，「地平江動蜀，天
> 闊樹浮秦」〉句下)

「地平江動蜀，天闊樹浮秦」二句是寫遠眺城外之景，根據《杜詩鏡
詮》引黃生註云：「動字寫洶湧之狀，浮字寫縹緲之意。」動、浮二
字在此相對，各有作用，辰翁僅取「動」字，卻未進一步說明，未免
失之主觀。

> 驗字俗，後四句同。(卷十：〈陪王使君晦日泛江就黃家亭子二首
> 之一〉，「始驗鳥隨人」句下)

齊梁』。遠近數千里，上下數百年，衹在『有』與『自』兩字間，……
滕王亭子『粉牆猶竹色，虛閣自松聲』，若不用『猶』與『自』兩字，
則其餘八言凡亭子皆可用，不必滕王也。」

此詩前四句「山豁何時斷，江平不肯流，稍知花改岸，始驗鳥隨人。」據《杜詩鏡詮》引蔣弱六云：「首二是從蜀中萬山攢接，江勢險急，忽見空天平流之象，不覺若驚若喜。」詩中寫其舟行之穩，不覺其動，見花木改換方知輕舟已馳過無數岸，乃覺鳥亦隨行。老杜頗能把捉佳景，又「驗」字有若驚若喜之感，後四句由景入情，堪稱高妙，然辰翁謂「驗字俗」，則有所偏差。

除了警字外，遣詞亦爲辰翁所重視，例如：

> 望嶽而言，即齊魯青未了五字雄蓋一世。青未了語好，「夫」字誰何跌盪，非湊句也。齊魯跋涉廣。（卷一：〈望嶽〉「齊魯青未了」句下）

杜甫以「岱宗夫如何」起句，口吻氣盛非凡，而以「齊魯青未了」比擬泰山之壯大，綿亙數千里不絕。趙翼《甌北詩話》云：「此一夫字，實指岱宗而言，即下七句全在此一夫字，蓋少陵縱目遍齊、魯二大邦，而其青未了，所以不得不仰歎之。」泰山之南爲魯，泰山之北爲齊，在古代齊魯兩大國的國境外仍能望見橫亙的泰山，足見其雄偉！此句且具有「移不動」〔註2〕的特性，專指涉某一特定地點，其他山岳不可挪用。辰翁認爲「夫」字跌宕，引起下文種種，寫不可以等閒一疑問詞視之，這將之融入詩句中，雖是一句首虛字，卻有所謂「傳神寫照，正在阿堵中」的神效。寥寥數語，杜甫詩旨神理具現。

> 臥字可虛可實，用天闕語渾，若天閱天閩，豈不牽強耶！（卷一：〈游龍門奉先寺〉「天闕象緯逼，雲臥衣裳冷」句下）

《杜詩鏡詮》引楊愼語：「天闕（一作闕）雲臥，乃倒字法。闕天則星辰垂地，臥雲則空翠溼衣，見山寺高寒，殊於人境也。」謂「天闕」、

〔註2〕《詩法入門》云：「登臨之詩，不過感今懷古，寓景嘆時，思國懷鄉，瀟灑遊適，有一定之法律。中間宜寫四面所見山川之景，庶幾移不動。」蓋寫一地之景，高明者應使讀者意會專指某一特定之處，而不可移作他處。老杜類此之作甚多，如〈登高陽樓〉便云「吳楚東南坼，乾坤日夜浮」，又如〈登克州城樓〉云：「浮雲連海岱，平野入青徐」，皆在領腹兩聯寫景語之處扣緊題旨，具有「移不動」之特色。

「雲臥」爲倒裝，未必然也，實則不必強解如此。辰翁將「天闕」意指天門，與人世萬物遙遙相對，較「天閱」或「天闊」來得具象，故較勝。然此一來「闕」字成爲實字，辰翁認爲相對的「臥」字可虛可實，無非是自尋活解。

> 五字可傷，即旦暮又耳，暫更警。（卷三：〈喜達行在所〉三首之二，「間道暫時人」下）

「生還今日事，間道暫時人」乃老杜脫險後，回思當時情景，昨日生死仍未卜，猶不知今日是人是鬼，故云「暫時人」。此詩沈著中有深哀，辰翁遭亡國之痛，亦曾避難山中，故可以想見讀此詩時感慨甚深。

> 此詩經誠齋說盡。舊曾手寫誤作好把，便覺情性甚遠，因贊其妙。（卷四：〈九日藍田崔氏莊〉，「醉把茱萸仔細看」句下）

若作「好把」或者「手把」，則顯得從容無味，失卻其情，而「醉把」可以道出迷離又無奈的心態，在醉眼朦朧中定睛專注，細嚼茱萸之中包含的況味，與詩首的「老去悲秋」相呼應，較勝。辰翁此處之評甚是。

第二節　辰翁如何詮解杜詩

今日可見之研究杜甫的材料中，《新唐書》之〈杜甫傳〉可說相當早地觸及到了杜甫的思想：「數嘗寇亂，挺節無所污；爲歌詩傷時撓弱，情不忘君；人憐其忠云。」老杜一飯未嘗忘君的忠愛，築基在濃厚的儒家色彩中，一方面以自身之英鋒俊采而磊落傲睨，一方面又深以時勢之不我與而悲憤。在杜甫諸多作品中，最能夠代表杜甫個人心境寫照、並與辰翁有所感通之詩，當爲傷時悲世之作，此處僅舉三首爲例，並藉之一窺辰翁在處理杜詩文脈時，從那些方面作爲著眼點。

> **奉贈韋左丞丈廿二韻**（卷一）
> 紈誇不餓死，儒冠多誤身，丈人試靜聽，賤子請具陳。䩄髒悲憤，具見起語。甫昔少年日，早充觀國賓，讀書破萬卷，下筆如有神。此語本誇大，但得破字，猶言近萬。賦料揚雄敵，詩

看子建親。料他人不能敵，看惟有子建或近。下又用同時前輩二人，英氣橫出。李邕求識面，王翰願卜鄰，自謂頗挺出，立登要路津，致君堯舜上，再使風俗淳，此意竟蕭條，行歌非隱淪，騎驢三十載，旅食京華春，朝扣富兒門，暮隨肥馬塵，殘杯與冷炙，到處潛悲辛，主上頃見徵，欻然欲求伸，青冥卻垂翅，蹭蹬無縱鱗，甚愧丈人厚，甚知丈人眞。入得磊落。每於百寮上，猥誦佳句新，竊效貢公喜，難甘原憲貧，焉能心怏怏，祇是走踆踆。今欲東入海，即將西去秦，尚憐終南山，回首清渭濱，常擬報一飯，況懷辭大臣，白鷗沒浩蕩，「沒」字本不如「波」字之趣，但以上下語勢，當是「沒」字相應。萬里誰能馴。此起語皆可慨，然非乞憐語也。韋自知杜，必嘗薦而不達，故有心怏怏、走踆踆之歎。末止如此，悲壯未衰。

老杜作此詩之時，正當歸東都，在仕途上的抑不得志，轉成滿腔憤激之語，一肚子牢騷衝口而出，情緒的忿懣無處發洩之下，只好以「儒冠誤身」作爲理由。辰翁首先點明起語四句爲「悲憤語」，在「讀書破萬卷」句中，辰翁特別點出「破」字，認爲下得好，充分顯露出老杜欲陳自己學優才敏，又以揚雄與子健二人比擬，更足見其馳騁古今的企圖心。老杜甚以韋左丞爲知己，故通篇無不大膽言志，絕無謙述，故辰翁批甚「入得磊落」，韋左丞對老杜的知遇之恩令老杜莫不感涕。「白鷗沒浩蕩」之「沒」字宋敏求作「波」，辰翁認爲由上下語勢觀之，以「沒」字勝，因其有白鷗滅沒於煙波間之意，若從宋氏改爲「波」，則神氣索然。蓋詩到末尾，老杜之餘意仍滔滔滾滾，正所謂「篇終接混茫」，結處一轉，忽縱身天地雲間，更覺老杜之雄心萬丈。

詩末辰翁作一短批，認爲老杜雖意在訴情於韋左丞，但並不作乞憐語，口吻不亢不卑，初望其有所汲引，然而雖經韋左丞大力推薦，朝廷卻久不召用，終見其無薦達之意，故辭之而去，故心怏怏而走踆踆，《杜詩提要》云：「通篇二百餘字，字字急。結十字，字字緩。於急處見牢騷，於緩處見蕭遠。」〔註3〕用比興作結，顯得意味深長，

〔註3〕清吳瞻泰評選：《杜詩提要》，清乾隆間羅挺刊，台北：大通書局，

辰翁認為「末止如此，悲壯未衰」，深體老杜縱使處於極度不如意，仍能在結處振起，在否極處作自寬語。如此批來，深得老杜之旨。

麗人行（卷二）

三月三日天氣新，長安水邊多麗人，態濃意遠淑且眞，肌理細膩骨肉勻。第三第四語，便爾親切，蓋身親見之，自與想像次第不同耳。此亦所當識也。繡羅衣裳照暮春，蹙金孔雀銀麒麟，頭上何所有，翠爲匍葉垂鬢脣，背後何所見，樂府體。珠壓腰衱穩稱身，就中雲幕椒房親，賜名大國虢與秦，紫馳之峰出翠釜，水精之盤行素鱗，語特迭蕩稱前，魚肉互見。犀箸厭飫久未下，鑾刀縷切空紛綸，黃門飛鞚不動塵，形容驕貴，至黃門飛鞚不動塵，自是氣象。後來東坡借用，貼出得又明。御廚絡繹送八珍，簫鼓哀吟感鬼神，賓從雜遝實要津，後來鞍馬何逡巡，當軒下馬入錦茵，楊花雪落覆白蘋，青鳥飛去銜紅巾。畫出次第宛然，楊花、青鳥兩語，極當時擁從如雲，衝拂開合，綺麗駿捷之盛。作者之意自不必人人能識也。炙手可熱勢絕倫，愼莫近前丞相嗔。此兩語結上，明後來鞍馬又丞相所寵嬖者，又過秦虢也，意極可想。

老杜欲藉此詩暗諷當時得勢之楊氏，以「麗人」概括秦國、虢國夫人之冶容，手法含蓄，題旨鮮明，所作的描寫更是細膩，辰翁謂第三、四句之描寫之細膩，歷歷如在目前。在敘述了貴婦們的衣著容飾後，「紫駝之峰出翠釜，水精之盤行素鱗」極言水陸之珍味，接著在寫飲食暴殄情形之後，接之以「黃門飛鞚」二句，側寫楊國忠之恃寵。詩末秦、虢前行，國忠殿後，鞍馬逡巡，意氣洋洋，時當楊國忠爲丞相之第二年春天，氣燄可以想見。

辰翁看出了老杜擅用的筆法，此詩前半段，寫麗人之容姿、服飾、音樂、隨從，本可一路平鋪直敘，中間卻加入了「就中雲幕」句，點出主角人物身分；後半段暗寫楊國忠，「後來鞍馬」與「炙手可熱」二句本可連續呵成，但間以「楊花青鳥」句疏其勢，故辰翁所云「語特迭蕩稱前」、「拂衝開合」，恰抉發出老杜極曲折用意之筆。

1974 年。

謁先主廟（卷十四）

慘澹風雲會，乘時各有人，力侔分社稷，志屈偃經綸。來得渾渾，有無限可感，開基季世君臣心事不分遠近，不立賓主，老人口、老人耳，彷彿盡之。復漢留長策，中原仗老臣，雜耕心未巳，歐血事酸辛，霸氣西南歇，雄圖曆數屯。寂寞語壯浪。錦江元過楚，劍閣復通秦。分之，未幾而復全于彼，傷感無如此兩語，舊解誤甚。舊俗存祠廟，空山泣鬼神，虛簷交鳥道，枯木半龍鱗。寂寞語奇麗。竹送清溪月，風動竹開如送月。苔移玉座春，玉座移於苔上，春惟苔耳。閭閻兒女換，歌舞歲時新。觸目自然，可以破本出處之陋。絕域歸舟遠，荒城繫馬頻，如何對搖落，況乃久風塵。十字開合古今。孰與關張並，功臨耿鄧清，應天才不小。使其果應天運，玄德之才，亦豈小哉！得士契無鄰，謂武侯相得無比，即此便不可及。遲暮堪帷幄，飄零且鈞緡，其自負如此。向來憂國淚，寂寞洒衣巾。首尾曲折，句句典實有味，真大手，真蜀先主廟，詩評意皆合。

　　一開始，辰翁就感於老杜氣概之雄渾，其中「老人口、老人耳」之「老」字，在宋人而言大抵指老成雄渾的風格，或古樸勁健的文字，而辰翁所謂「老人語」的特色是，在內容上語出肝肺，恨意淒婉；字句上不求雕琢刻飾，由辰翁其他評點與「老語」、「老成語」看來，都指的是素樸而老成渾然的文句。〔註4〕而「寂寞語壯浪」、「寂寞語奇麗」，則辰翁一方面讚揚老杜描寫劉備「老驥伏櫪，壯心不已」的豪情壯志，另一方面又為老杜著墨於刻畫沈寂的廟宇而感到悲辛，蓋此時辰翁能體會老杜在極度沈靜的思維下，方有可能去注意週遭有形事物的樣態。在句法方面，稱許「如何對搖落，況乃久風塵」為「十字開合古今」；在給史事下評語時曰：「謂武侯相得無比，即此便不可及。」

〔註4〕辰翁類此之評語不在少數，如：老人語，無刻飾。（卷九〈九日登梓州城〉，「追歡筋力異，望遠歲時同」）此梢、朵卻全嫩，故轉入老語生強。（卷七〈題新津北橋樓得郊字〉，〈白花簷外朵，青柳檻前梢〉下。案：此處辰翁謂「轉入老語生強」，老語指以下四句「池水觀爲政，廚煙覺遠庖。西川供客眼，惟有此江郊。」）老成語。（卷十五〈夔府懷四十韻〉，即「即事須嘗膽，蒼生可察眉」下）

嘆今日縱有武侯亦未必有如劉備之先主。在末尾評「首尾曲折，句句典實有味」，大抵辰翁相當肯定老杜對劉備的推崇。

　　除此之外，辰翁對三國時諸葛武侯，亦寄寓了相當深切的感懷，在〈蜀相〉詩末，「出師未捷身先死，長使英雄淚滿襟」句下批曰：「全首如此，一字一淚矣。寫得人不忍卒讀，故以為至。千年遺下此語，使人意傷，又因老宗添我憔悴。」老杜於感嘆諸葛氏之詩中自喻，藉孔明而自抒襟抱，亦引起辰翁自傷，故對之格外有所感觸。老杜雖曾臣事玄宗，後又於肅宗朝任左拾遺，官階自是遠不及於諸葛亮，但是抱負和胸襟卻毫不遜色；而這亦引起了辰翁的感慨，嘆朝中奸人當道，自己之壯心並未得伸，當他看到老杜寫出「兩朝開濟老臣心」這樣的句子時，想必心有戚戚焉。於同樣的感傷亦流露在批〈武侯廟〉之中：「語絕。上句想望其風采猶在也，下句則傷其已死。」在〈八陣圖〉中雖未加批語，但於「江流石不轉，遺恨失吞吳」句旁加點，顯見辰翁亦深以失吞吳為大憾，上句言江流石不轉則似歸咎山水，言東入吳而不能折向中原，地勢如此，故令英雄遺恨！

　　辰翁在評點時，並不作逐字逐句的批閱，所評以七言詩為多，五絕則幾無所批。故此三首為辰翁少數評點較詳之作，並足資說明辰翁評杜之手眼，在辰翁勤於批覽杜詩之際，拋開了無謂的典故與考證，直透老杜神髓，堪可稱識老杜者。

第七章　劉辰翁評杜對後世的影響

　　辰翁生在南宋之末，在文學觀念上受前人影響不少，在文論方面，其自然說不乏得自歐、蘇之軌跡，講求別有會心，不加矯飾，而且早在鍾嶸《詩品》序中已有「觀古今勝語，多非補假，皆由直尋」之語，這種「隨事紀實」的自然素樸已有形跡可循，故在後世論眞情、主性靈這點上，辰翁對後人的影響不算大；辰翁眞正能給予後人啓迪的在二方面：一是其鑑評觀，二爲實踐鑑評理論的評點式批評法。這種不爲傳統所拘的觀點施於杜詩之中，尤其具有開創性的意義。自辰翁而後，繼起評杜者甚多，據周采泉《杜集書錄》所蒐羅，明清兩代著錄之評杜選集便有一百零三本之多，〔註1〕包括箋注、輯注、集評等，皆辰翁之餘緒。

　　前文已明言，詩文加圈點批注約起於唐宋時，刻本有圈點之始是始於宋中葉之後，〔註2〕起初是爲了科舉之需而成，作者雖眾，至辰翁始擺脫窠臼，專致於評點的內容，提昇了評點的價值。在辰翁、方虛谷等大力評點詩文集之前，歷代批評者及詩話，在詩論內容上，除了體兼說部、旁採故實的特色外，也不外乎古今詩體的淵源流變、歷代作家作品的得失利病、聲調格律的是非正變等等諸項的敘述，鮮能

〔註1〕見周采泉：《杜集書錄》〈批點彙評之屬〉，頁511～604。
〔註2〕詳見第二章第一節之論述。

直接對作品本身作解說闡釋的賞析工作，所以對讀者的鑑賞能力，鮮有直接的幫助。偶而涉及作品本身，亦非對某一作家之作品作通盤的檢視，常是批評者偏愛的詩句或一二名句，指出其警策所在，在分析闡釋方面很薄弱。須溪講究「會意」、「各隨所得」的鑑評觀念，固然可啓人靈悟，達到別自會心的效果；然缺點便是容易流於自由心證，渾漫無所得，明竟陵派一味仿效其「不盡可解」的鑑評觀而流於斷章取義、穿鑿附會，則是矯枉過正了。

在元明兩代，辰翁評杜對杜學之影響甚大，彭鏡溪本、高楚芳本翻刻不絕。但每經翻刻，劉評便陸續遭淘汰，泊乎明季各刻本，辰翁之評已殘存無幾。至錢箋問世，風氣丕變，有清一代務實學、尚考證的注書之風，對辰翁此種評點手法不免感到空泛而不著邊際，已不爲讀杜者重視，但仔細披索，仍可以找出一些辰翁留下的影響。在詩論方面，尤其是實際批評上予後人的影響較著，「有元一代，遂及經史」；〔註 3〕至明代，此風更長，常有一詩集附列數人評論的情形，〔註 4〕在明代竟陵派可說影響最深，清金聖嘆的評詩觀念亦受到辰翁的影響。茲就元明暨清受辰翁評杜影響的情形試加探討。

第一節　辰翁評杜影響及於元明

元人高楚芳取辰翁之評杜附於宋人集注中之後，元明以後評點杜詩者莫不導源於此，《杜律虞註》及《杜律趙註》〔註5〕即附有辰翁評點，雖訾議者亦所在都有（詳見下一小節），但這種原本是任意之所

〔註 3〕參葉德輝：《書林清話》卷二，〈刻書有圈點之始〉，頁 86。
〔註 4〕《書林清話》卷八：〈顏色套印書始於明季盛於清道咸以後〉：「道光甲午涿洲盧坤刻杜工部集二十五卷，其間用紫筆者，明王世貞；用藍筆者，明王慎中；用朱筆者，王士禎；用綠筆者，召長衡；用黃筆者，宋犖也。」頁 428。如此六色斑斕，可達到怡情娛目之效，使讀者精神爲之一振，又可簡省紙章印費，未嘗不是一種好方法。
〔註 5〕分別爲元人虞伯生、趙汸，前者爲明吳登籍校刊本，後者爲明萬曆十六年新安吳氏七松居藏本，俱收大通書局《杜詩叢刊》。

之的隨手批抹，卻風行一時，流風所及，元明人或多或少皆受到影響。

如郭正域《批點杜工部七言律》一卷，力摹劉批，將辰翁在內的諸家評點分三色套印，取虞注所選七言詩一百五十一首，加以評點，正文爲墨色，辰翁之評爲藍色，郭氏之評語爲朱色，附於句旁或篇上，四庫提要謂郭評杜詩之用意，欲矯七子摹擬之弊，此說甚允。但追摹辰翁所評時較之更簡略，不時於句旁批曰：「湊句」、「無味」、「蠢而嫩」、「結句弱」，卻失之含混籠統，惜其不知變通，卻學辰翁畫虎不成反類犬矣！但由此可見元明人對辰翁評點的重視。

元明於杜學在句法探究、闡釋篇意方面，著作者眾，以張性《杜律演義》爲冶爲一爐之作；單復撰《讀杜愚得》十八卷，即倣虞注成書，在序中斥辰翁評點不明作者立言之意，故其解杜詩頗爲詳盡，不僅重訂年譜，亦兼採舊注。〔註6〕

此外，辰翁評點的手法可說影響竟陵派甚大。明代之文學批評十分蓬勃，批評界可分二大派，主復古的擬古派與主性靈的反擬古派，呈現互相遞代之情勢。前後七子主張「文必秦漢，詩必盛唐」，因唯古是尚的觀念，使之走上字擬句比，近乎剽竊的道路，引起公安派、竟陵派的反動，標舉性靈，尤以竟陵派之訴求與辰翁的評點手法最接近，認爲古人詩中存性靈，故於鑑賞時，追求「幽情單緒」、「孤懷」、「孤詣」，如鍾惺〈詩歸序〉云：

> 眞詩者，精神所爲也，察其幽情單緒，孤行靜寄于喧雜之中，而乃以其虛懷定力，獨往冥游于寥廓之外。〔註7〕

譚元春〈詩歸〉亦云：

> 夫眞有性靈之言，常浮出紙上，決不與眾言伍；……夫人有孤懷，有孤詣，其名必孤行於古今之間，不肯遍滿寥廓。

〔註6〕單復撰，《讀杜愚得》，台北：大通書局，1974 年。有關元明兩代在杜詩綜合討論之著作情形，詳參葉綺蓮〈杜工部集源流〉，收入《杜甫和他的詩》。

〔註7〕參鍾惺著，李先耕、崔重慶標校：《隱秀軒集》卷十六〈詩歸序〉（上海：古籍出版社，1992 年），頁 236。

[註8]

凡此皆追摹獨居性靈的孤寂，以此標榜。其實賞詩求古人幽情的態
度，正是辰翁所反覆強調的，認爲大家數之詩不必拘於一義，讀者
只要會意於心，而能各隨所得，有用於己即可，因此有所謂「斷章
取義」，但是辰翁並未界定何謂作者深意及創作時的初心、本意，
是竟陵派將之窄化成狹義的性靈──孤懷孤詣，因此竟陵派充斥著
失之斷章取義、穿鑿附會的鑑賞理論，[註9]玩索於字句間，以致
陷入尖新冷峭的窄路，無怪乎錢牧齋視辰翁、竟陵派爲邪說異端，
評之曰：

> 近日之評杜者，鉤深抉異，以鬼窟爲活計，此辰翁之牙後
> 慧也；其橫者，並集矢於杜陵矣。[註10]

宋人論詩作者之中，牧齋最不喜辰翁（詳見下節），也難怪鑑賞態度
皆受其影響的竟陵派要遭牧齋大加撻伐了。

　　另外，評點風氣打開後，對明代評點之學最具貢獻的有思想家李
贄，和戲曲家徐渭、湯顯祖、陳繼儒並大力推崇，將評點之學的領域
由詩文擴展到當時新興文體──小說和戲曲的批評方面。李贄十分重
視小說戲曲，以爲宇宙有五大部文章，而將《水滸傳》的地位與《史
記》、《杜詩》、《蘇子瞻集》及《李獻吉集》齊觀，此外，又對《水滸
傳》和《西廂記》多所論列評點，結果其書大行，影響所及，人盡模
仿。至於徐渭、湯顯祖及陳繼儒等人，不僅戮力於戲曲的寫作，他們
批書的成績也都是相當可觀的，譬如徐渭評《北西廂》、評注《李長
吉詩集》；湯顯祖評有《楊家將傳》、《南北宋志傳》、《燕子箋》、《雲
合奇縱》及《西廂記》等；陳繼儒則有《列國志傳》、《繡襦記》及《西

[註8] 參譚元春：《新刻譚友夏合集》卷八〈詩歸〉（台北：偉文出版社，
　　　1976年），據國立中央圖書館藏舊鈔刊本影印，頁328～330。
[註9] 鍾惺：《隱秀軒集》卷二三〈詩論〉云：「夫詩，取斷章者也，斷之
　　　於彼，而無損於此。」（上海：上海古籍出版社，1992年），頁391。
[註10] 錢謙益箋注：《讀杜小箋》序，收入李鑅平：《讀杜韓筆記》（台北：
　　　廣文書局，1976年）。

廂記》等。即使這些書眞僞難辨，可是玉茗堂和陳眉公所批書在明代盛行情形，卻因此更加顯著了。〔註11〕

　　值得注意的是，辰翁所評除杜詩外，《世說新語》、《老子》、《莊子》、《列子》、李賀詩、蘇軾詩、王維孟浩然詩、《班馬異同》等，明人會刻爲《劉須溪評點九種書》，陳繼儒爲之作序，〔註12〕可見辰翁評點之書在明代坊間流傳之廣，加上陳眉公作序，其風行之狀可以想見了。

第二節　辰翁評杜影響及清代

　　清代的批評承繼前代的種種主張，加以吸收仍有前人論詩評文之影子，較重要的幾個流派有錢謙益爲主的虞山詩派、形式批評的金聖嘆、〔註13〕王士禎神韻說、沈德潛格調說、袁枚性靈說、翁方綱肌理說，以及桐城派的義法說。其中，金聖嘆最能得辰翁之遺緒，並獨創以形式批評爲文批手法。聖嘆在當時，亦可謂文壇一怪傑，以天分及才氣聞名，所批之書多能道人所未道，發人思致，雖以批才子書之筆調批杜書，爲時人所譏，但頗能道出杜詩窾要，杜詩經其分解，往往豁然貫通，所批之《貫華堂選批唐才子詩集》〔註14〕及《唱經堂杜詩解》〔註15〕爲金氏評杜代表作，一掃宋代以來注杜的餖飣之氣，繼辰翁之後，爲杜詩另開嶄新面目。

　　金聖嘆受辰翁影響較大的仍在鑑評態度及方法上，《唱經堂杜詩解》云：「看詩全要在尖頭上追出當時神理來。」〔註16〕思欲由字句

〔註11〕以上論對評點之學最有貢獻的明代文人，參陳萬益撰《金聖嘆的文學批評考述》（台北：台大文史叢刊，1976年），頁42～43。
〔註12〕見陳繼儒《晚香堂集》卷一，收入《叢書集成三編》51〈文學類〉（台北：新文豐出版社，1996年），頁392～393。
〔註13〕以形式批評一詞用於金氏，借用於吳宏一《清代詩學初採》。
〔註14〕金聖嘆撰：《唐才子詩集》，台北：廣文書局，1982年。
〔註15〕金聖嘆撰：《唱經堂杜詩解》，收入閔映璧集注：《杜詩選六卷》，台北：大通書局，1974年。
〔註16〕《唱經堂杜詩解》卷一：〈與李十二白同尋范十隱居〉十九。

之間尋索古人的性靈，此必須經細讀而得，茲以批〈游龍門奉先寺〉
爲例：

> 日間一遊，只爲已盡招提，又豈知招提有境，乃在夜宿始
> 見。三、四即所謂招提境也，「境」字與「景」字不同，景
> 字鬧，境字靜；景字近，境字遠；景字在淺人面前，境字
> 在深人眼底；……如此十字，正不知是響是寂，是明是黑，
> 是風是月，是怕是喜，但覺心頭眼際有境如此。〔註17〕

詳細比較了「境」與「景」二字下法的差異，體會細膩。除了詩歌的
形式以外，對於詩人的精神活動，以及詩境的幽微處開啓蹊徑，爲清
人注杜別開風格，當時治杜者無一不覽。

聖嘆挾才氣以評杜，嘗信筆漫批，間無作者之意，但聖嘆所評杜
詩勝於評其他「才子書」，便是因評杜之中仍不乏創見，補時人注杜
之不足。如以「分解說」——起承轉合——說詩，於評杜詩前，每首
詩先於題目之後作題解，次就全詩以四句爲一段分段解說，他認爲「唐
人詩句爲一解，故雖律亦必分作二解，若長篇則或作數十解。」聖嘆
之評不僅將鑑賞結果告訴讀者，還要將鑑賞過程一一呈現出來，解詩
著重在構思、作法、承接照應關係，因此他創起承轉合之法以解詩，
比辰翁更重視結構、章法，分肌析理，解說詳透，試圖探討出古人神
理原因便在於他不喜「詩之妙處在可解不可解之間」的說法，〔註18〕
而要將金針度與人。並嘗試以各種比喻，爲其分解說分辯說及說明其
精神所在，如〈答人〉以人之呼吸爲喻；〔註19〕〈與家叔若水麗〉以
扇之蓋合爲喻；〔註20〕〈與天在師〉以針法治病人爲喻。〔註21〕以起

〔註17〕《唱經堂杜詩解》卷一：〈游龍門奉先寺〉，頁 222。

〔註18〕辰翁語，見第五章註8。

〔註19〕金聖嘆云：「律詩八句本是一首，如分解，則恐似兩首，此語乃大
錯。今且如人有一口氣，若同修禪定人，則分之爲一出息一入息者，
彼正欲明此一口氣之有來處有去處，而欲調之至於適中，不欲如牛
馬之喘聲茀然者也。」見《貫華堂選批唐才子詩》序，收入《金聖
嘆全集》第四冊（台北：長安出版社，1986 年），頁 37。

〔註20〕金聖嘆云：「與唐律詩分解，如何算得一件事。譬如把將糅合來開

承轉合之結構分析來論詩，雖不始自聖嘆，事實上元代楊載便有此說，[註22]但將律詩分為二解，並以起承轉合來論詩，雖不始自聖嘆，事實上元代楊載便有此說，但將律詩分為二解，並以起承轉合來論詩，卻是聖嘆創始的。

但若要溯源，則早在南宋，辰翁雖無明白倡言起承轉合，實際上亦曾運用此法，如：

> 起十字盡興，故接得荏弱有情。情已略盡，故入景更長，即如行文不得不爾，後人堆實軟乏皆未喻。（《杜詩批點》卷七：〈奉酬李都督表丈早春作〉）
>
> 此起此結，吞吸傾倒。（同上：〈戲韋偃為雙松圖歌〉）
>
> 此起此結，皆出意表。（同上，卷十三：〈杜鵑〉）

又如卷十一〈丹青引贈曹將軍霸〉首二句評曰：

> 起語激昂，慷慨少有及此。

三四句下評曰：

> 接得又揚。

五至八句下評曰：

> 突兀四語能事志意，畢竟往復浩蕩，只在裡許。

篇末總評曰：

> 首尾悲壯動盪皆名言。

由此知辰翁已著眼於此法，但著重於起、結（合）方面而已，聖嘆在這方面有更進一步的創見與發揮。

〔註21〕 看，乃云此一扇是蓋，此一扇是底，未可算得一件事也。我若再說，便又似一件事。今只將唐律詩自去細看，便知果然一扇是蓋，一扇是底，我說不大僻錯也。」見《貫華堂選批唐才子詩》序，頁41。

金聖嘆云：「昨有針客至舍，偶然說及針法，云：『只用指頂燃針，略作來去，便是病人周身補瀉。』弟聞之而大樂。天地間，固有如此至理。因遂告以我唐律之詩正猶是也。」見《貫華堂選批唐才子詩》序，頁42。

〔註22〕 見楊載：《詩法家數》，在論〈律詩要法〉中提出「起、承、轉、合」，分別以「破題、頷聯、頸聯、結句」為要項，依次說明其要法。收入何文煥：《歷代詩話》，頁729

在與同時之人徐增往來之書信中，徐氏相當支持這種分析法並推許聖嘆的膽識，並推衍聖嘆之說，亦以此理以析唐詩，見於《而菴說唐詩》。時人受起承轉合說影響的也不少，如王堯衢（生卒年不詳）註唐古詩近體，見《古唐詩合解》；張庚《古詩十九首解》，亦以起承轉合說解古詩；著重章法句法以批評杜詩的仇兆鰲《杜少陵集詳註》等皆是。吳淇《六朝選詩定論》對於六朝時期古詩加以評賞，側重解說時字裡行間的圓融，皆承聖嘆說詩之法。本來風行闈場的起承轉合之法，應用於詩文批解，金氏可謂後起有功；遠溯其源，則不得不推許辰翁了。

第三節　後人對劉辰翁評杜的批評

辰翁的鑑評觀主張不依傳統箋注觀詩，必須細讀詩句，就詩之本身去分析品鑑，並不牽引讀者的思路，純指點一賞詩門徑，只消「各隨所得」便可，辰翁這種不依箋注觀詩的鑑評觀，其後不乏讚賞及訾議者，茲依時代先後舉數家以明之：

一、明　代

單復《讀杜愚得》自序云：

> 余乃知辰翁所評，大抵止據一時己見而言，亦未明作者立言之旨意。〔註23〕

明末王夫之《薑齋詩話》卷二云：

> 一部杜詩爲劉會孟湮塞十之五，爲千家註沈埋著十之七，
> 爲謝疊山、虞伯生汙衊更無一字矣。〔註24〕

凡此都對辰翁有所不滿。單復所言極爲中肯，辰翁以己意論詩，言作者立言之旨甚少，凡辰翁所評點之古書，無一不如此，其精到處固自

〔註23〕單復：《讀杜愚得》，台北：大通書局，1974年。

〔註24〕王夫之撰、戴鴻森點校，《薑齋詩話箋注》，台北：木鐸出版社，1982年。

不乏，但有時自己亦說不出所以然，只逕以「妙處不必可解」等語概括之；此即爲辰翁評杜之原意所在，其作用便正在矯正宋人注杜瑣碎的缺憾。然不求甚解的態度引來大量的非議，便在所不免了！甚至遭王夫之的口誅筆伐，這些都是可以理解的。

另外，正面評價如楊愼在評辰翁時云：

> 廬陵劉辰翁，於唐人諸詩其宋蘇、黃而下，俱有批評，三子口義、《世說新語》、史漢異同皆然，士林服其賞鑑之精。〔註25〕

固然楊愼稱許其「賞鑑之精」，卻無進一步的說明。

胡應麟對辰翁則抱著肯定與推崇的態度，能夠觀察出辰翁不僅求文字表面的工拙，並探求老杜本心，由己意逆之的結果，往往未必與作者語意相符，故曰：

> 劉辰翁評詩有妙理，如杜「日月低秦樹，乾坤繞漢宮」，劉云：「此語投贈中有氣，若登高覽勝，則俗矣。」按杜登覽詩，如「山河扶繡戶，日月近雕梁」類，何嘗不佳，第彼是本色分內語，惟投贈中錯此，則句調尤覺超然，此當逆之意外，未可以蹊逕論也。〔註26〕

> 余每謂千家註杜，猶五臣註選，辰翁解杜，猶郭象註莊，即與作者語意不盡符，而玄言玄理往往角出，盡拔驪黃牝杜之外，昔人苦杜詩難讀，辰翁註尤不易省也。〔註27〕

> 每閱劉註，必含蓄遠致，與杜詩互相映發，令人意消。〔註28〕

> 劉辰翁雖道越中庸，其玄見邃覽，自是教外別傳，騷場巨目。〔註29〕

〔註25〕楊愼，《升菴全集》（台北：商務印書館，1968 年），卷四十九，〈劉須溪〉。

〔註26〕胡應麟，《詩藪》〈雜編・閏餘中〉（台北：廣文書局，1973 年），頁970～971。

〔註27〕胡應麟，《詩藪》〈雜編・閏餘中〉，頁 971～972。

〔註28〕胡應麟，《詩藪》〈雜編・閏餘中〉，頁 975。

〔註29〕胡應麟，《詩藪》〈雜編・閏餘中〉，頁 975。

胡氏能看出辰翁評杜的眞性情,以己意逆之,故未必可以常理視之,自有妙理,並以郭象註莊擬之,由這裡可以見出胡應麟對辰翁評價之高,謂辰翁於杜詩中不但闡發子美之義,猶如郭象之注莊一般,並附以己意,故謂「與作者語意不盡符」;而附以己意並不害子美之意,所謂「盡拔驪黃牝牡之外」,讀辰翁之評則覺與杜詩相互輝映,使人意消,故譽之爲騷場巨目。此外,對辰翁的評杜缺失亦不惜指出:

> 劉辰翁評詩有絕到之見,然亦時溺宋人,如杜題雁「翅在雲天終不遠,力微繒繳絕須防」,原非絕句本色,而劉太以爲沈著道深,且謂無已得之,此類是也。〔註30〕

> 「讀書破萬卷,下筆如有神」,本自眼前語。……劉以爲他人不能敵看,惟有子建近之,皆求取太深,失其本意。〔註31〕

胡氏並指出了辰翁「時溺宋人」、「求取太深,失其本意」,意謂辰翁採評點手法,又不依傳統箋注解詩的結果,稍有不愼便很容易流於求取太深,又易溺於宋人觀念來解說,不可不愼。胡氏之評可說深知辰翁者。

二、清　代

有清一代,學術界中掀起一片考據、箋注之風,對於注杜的問題有不少意見,挾著不同於宋元以來的評注風氣,對於辰翁注杜的意見尤多,且具抨擊意味,如清代王琦註《李長吉歌詩序》云:

> 觀其(指劉辰翁)評賞,屢云:「妙處不必可解。」試問:作詩至不可解,妙在何處?觀古今才人歡賞長吉諸詩,歡賞其可解者乎,抑歡賞其不可解者乎?歡賞其在理外者乎,抑歡賞其不在理外者乎?予謂須溪評語,疑誤後正復不少,而自附於長吉之知己,謬矣!宋潛溪嘗謷劉氏評詩「如醉翁寢語,終不能了了」,可謂知言。〔註32〕

〔註30〕見《詩藪》內編:〈近體下〉,頁366~367。
〔註31〕見《詩藪》雜編:〈閏餘中〉,頁974。
〔註32〕李賀著、王琦等評注:《三家評注李長吉歌詩》,香港:中華書局,1976年。

黃生云：

> 杜詩莫謬於虞注，莫莽於劉評。〔註33〕

吳焯云：

> 千家註不足觀，須溪所著尤不足觀也。〔註34〕

楊紹和云：

> 須溪評點雖未盡當，而足使靈悟處，要自不乏，亦讀杜詩
> 者不容廢也。〔註35〕

諸說各執一詞，楊紹和所云較爲盡當，因辰翁所評固未盡善美，終有
其可取之處，未可一筆抹煞。「莽」字恰可略狀辰翁漫批之特色。平心
論之，辰翁評詩時不可解之處甚多，招致宋潛溪「如醉翁寢語」〔註36〕
之譏，實非偶然。

非議辰翁者屬錢謙益最甚，在其《錢牧齋先生箋注杜詩》序云：

> 自宋以來，學杜詩者，莫不善於黃魯直；評杜詩者，莫不
> 善於劉辰翁。……辰翁之評杜也，不識杜之大家數，所謂
> 鋪陳終始，排比聲韻者，而點綴其尖新儁冷，單詞隻字，
> 以爲得杜骨髓，此所謂一知半解也。〔註37〕

在此牧齋雖允諾辰翁爲評杜之最善者，然而在牧齋看來，辰翁並未得
杜之家數，所拈出的警字響句，並不足以觀，如對「衣冠卻扈從，克
復有群公」句下辰翁所評，云：「辰翁評杜多於虛字著眼，亦小小間架
耳，於杜詩實無所解，姑舉此以例之。」〔註38〕甚至認爲辰翁之評杜
根本是一知半解，可謂撻伐甚矣。值得注意的是：牧齋在此提出的「大
家數」究竟作何界定？與宋時所謂的「大家數」差異爲何？於第五章

〔註33〕黃生撰：《杜工部詩說十二卷詩概說一卷》（台南：莊嚴文化事業），
　　　　1997年，收入《四庫全書存目叢書》五〈別集類〉。
〔註34〕吳焯：《繡谷亭薰習錄》（北京：中華書局，2006年），收入《宋元
　　　　明清書目題跋叢刊》十七〈清代卷〉第十一冊。
〔註35〕楊紹和：《楹書隅錄續錄》，台北：廣文書局，1967年。
〔註36〕見王琦注語。
〔註37〕參《錢牧齋先生箋注杜詩》（台北：大通書局，1974年），頁32。
〔註38〕錢謙益箋注：《讀杜小箋》，收入李鴻平：《讀杜韓筆記》（台北：
　　　　廣文書局，1976年）。

第一節已探討宋時所謂「大家數」，便是在格律體製或文句氣象上，能通貫古今，兼一家之長；而牧齋卻站在清人好議論講實學的立場，要求詩文評點應該嚴於考證與箋釋，所作之評論須具備多方面的功能，這一點恰好與辰翁作法大相逕庭，故牧齋持清人尺度以丈量辰翁評點的價值，無論在公正與否或必要性都失之欠當。此外，牧齋又評：

> 今夫詩，亦若是而已矣！上下三百餘年，影悟於滄浪，弔詭於須溪，象物於庭禮，尋撦吞剝於獻吉、允寧，舉世暝暝，奉爲丹書玉冊，皆舊醫之屬也。〔註39〕

> 嗟夫！天地之降才與吾人，靈心妙智，生生不窮，新新相續。有三百篇則必有楚騷，有漢魏建安，則必有六朝；有景隆開元，則必有晚唐及宋元。而世皆遵守嚴羽卿、劉辰翁、高廷禮之瞽說，限隔時代，支離格律。〔註40〕

由這些例子，看得出牧齋不喜滄浪與辰翁論詩之說，將二人並立而斥之，謂滄浪能「影悟」、「限隔時代」，謂辰翁「弔詭」「支離格律」，並對承繼嚴滄浪唐詩分期的高棅予以批評。〔註41〕故綜觀牧齋之語，其對辰翁之不予苟同在於其評詩方面，只知論單詞隻字之工拙，不免支離了格律。

　　而實際上，牧齋此語未免失之過偏，辰翁受江西詩派講究詩文工拙的影響，但在實際批評中，卻未可將之與江西詩派之講究工拙相提並論。蓋辰翁承襲了江西詩派以來所感興趣的詩文工拙問題——「不雕爲工」、「寧律不諧」、「用字不工」，〔註42〕字句力求不雕飾，不工

〔註39〕參錢謙益：《有學集》，收入《錢謙益全集》（上海：上海古籍出版社，2003年）卷十五，〈鼓吹新編序〉。

〔註40〕參錢謙益：《初學集》，收入《錢謙益全集》（上海：上海古籍出版社，2003年）卷四十七，〈徐少白詩卷後〉。

〔註41〕嚴滄浪分唐詩爲初唐、盛唐、大曆、元和、晚唐五期，而高棅則分爲初、盛、中、晚四唐，見高棅：《唐詩品彙》（上海：上海古籍出版社，1993年）。

〔註42〕見黃庭堅：《豫章黃先生文集》（台北：商務印書，1979年），卷廿六：〈題意可詩後〉。

巧，求其拙放，務求詩之字句不假繩削而自合，其高明者便如同後山主張之「寧拙毋巧，寧朴毋華，寧粗毋弱，寧僻毋俗」，如陶淵明；但反之則不免流於粗放鄙俗，如同江西派末流呈現偏枯細碎詩風的四靈、江湖詩派。辰翁有心調和四靈、江湖派等文體冗濫、猥陋不達的詩風，〔註43〕欲矯以清新幽雋，但他亦堅持著歐、蘇以來的自然觀念，論詩不矯情性，既無江西詩派之粗硬又兼有自然韻致，故在宋代所籠罩的工拙說之中，他屬調和的一派。若由辰翁評點其他詩集亦可見出：

> 字字是情是景，不待安排故工。(《須溪先生校本韋蘇州集》卷三：〈寒食寄京師諸弟〉)

> 工處渾然，不似深思者。(《孟浩然詩集》卷上第二冊：〈陪張丞相自松滋江東泊渚宮〉，「登舟命楫師」句下)

> 大巧若拙。(同上，卷下第四冊：〈裴司士員司戶見尋〉)

> 語欲其野，直以意勝，而有情致。(同上，卷上第二冊：〈早梅〉)

由末一條資料來看，辰翁欣賞的是以「意」勝的詩句，但一方面也不廢工巧的文字，而必須「工處渾然」、「大巧若拙」，即外貌樸拙，似無斧鑿之跡，但內蘊豐美；惟在評語中不免摘字論句，卻招致牧齋之以「弔詭」、「瞽說」等語譏之，論見未免偏激。

阮元是肯定辰翁評詩的價值的，在阮元的《杜詩集評》序云：

> 評杜者，自劉辰翁須溪始，辰翁鋪陳終始，排比聲韻，不
> 事訓詁，最得論詩體例。元大德，高楚芳梓刻須溪評點，
> 附列諸註，世頗稱爲善本，然已失辰翁本意矣。〔註44〕

阮氏之評很明顯地正與前面所舉錢牧齋及《四庫提要》相反，阮氏所讚賞的「鋪陳終始，排比聲韻，不事訓詁」，是論辰翁之長，卻被牧齋提要譏爲「支離格律」、「破碎纖仄」。蓋凡評點詩文，必不免逐篇逐句加以分析闡述，難免細碎瑣雜，故如何以寥寥數語勾抉提要，闡發本文的精髓，正是評點時高明者與低劣者不同之處。

〔註43〕參《須溪集》卷六：〈曾季章家集序〉。
〔註44〕見劉濬、劉潮輯：《杜詩集評》序，收入《杜集書錄》，頁595。

三、四庫全書

《四庫提要》卷一六五評《須溪評》云：

論詩評文往往意取尖新，大傷佻巧，其批點如杜甫集、世說新語及班馬異同諸書，今尚有傳本，大率破碎纖仄，無裨來學。

提要係針對辰翁評詩作整理性論斷，認爲他的批評著眼點往往「尖新」，有失雅正，這是官修之書難免出現的傳統觀念，未免失之偏頗。其實辰翁承襲了歐、蘇以來籠罩文壇的「自然說」，一貫文學主張並不標舉纖巧，亦不取尖新奇險，而貴眞情，以自然平易的風格爲尙。至於實際鑑評，常能不依黏於傳統箋注，發人所未發，《四庫提要》謂「意取尖新，太傷佻巧」，或因此而發；然其評點確實不成體系，故招致「破碎纖仄」之譏尙可理解，「無裨來學」則失之太過了。《四庫提要》在其子將孫之《養吾齋集》亦評辰翁「著書多舉纖巧」，這些評語與牧齋所評相近，「破碎纖仄」近於「支離格律」，「尖新，太傷佻巧」，類於「尖新」、「弔詭」。凡此對辰翁評詩皆不持欣賞態度。

綜觀諸家看法，持肯定者均能欣賞辰翁評詩的新意，並肯定其評點杜詩的價值，尤其明代以胡應麟所評較中肯。而清人對之撻伐最甚者以錢牧齋爲代表，但平心而論，所論有欠公允。

第八章　結　論

　　綜上所論，辰翁以一介儒士，忠懷懇恒，在宋亡之後隱遁山水之際，將對朝政的關切轉諸詩文批評之中，養就儒禪的素養及曠任性情的性格，促使辰翁採取渾漫天成的評點手法；所評之十三種詩文中，以杜詩評點意義最為重大。

　　評點詩文本起於取便科舉之需要，供士子應試前揣摩之用，辰翁卻擴展評點的價值，使之足以啟發、指引後學，以得古人不傳之妙。不過學者亦有鄙薄評點者，章學誠《文史通義》認為標識評點，乃為文之末務，「不可以揭以告人，祇可用以自誌」。〔註1〕意謂評點雖然能授人以方圓，而不能授人以心營意造，故可為不知法度之人，資其領會而已。此話雖深不以評點為然，但未嘗不許以為初學者門徑之一，因「其中或有一二之得，故不遽棄」，其所以不可揭以告人者，「蓋恐以古人無窮之書，而拘以一時有限之心手」妨礙為文之心營意造。觀辰翁發揮其個人理念於杜詩評點，革新了兩宋注杜繁瑣的弊病。兩宋對於杜甫詩集的集注工作，不遺餘力，然而在競相蒐羅之中，或為了標新立異，或為了成一家之獨門著作，不惜旁徵博引，旁採故實，穿插了大量的典故史實，集注中添加了考據與資料之堆砌，使得杜詩

〔註1〕參《文史通義》〈文理篇〉，以下引文同。

的奧旨反而不彰，辰翁之評點恰好爲之注入一股清流，據其子將孫在
《杜子美集》序中云：「以使讀者得於神而批評摽掇，足使靈悟。」
〔註2〕辰翁性情眞樸，自不喜繁瑣之引經據典，更不恥於附會他見，
故純任一己之意趣評解杜詩。

　　在辰翁的理念中，內容上貴眞情流露，表現方式爲率意自道，隨
事紀實，而總以自然素樸的風格爲宗；在實際評點中，也受當時風氣
的影響，講究用字遣詞、詩法等創作的細節問題。原本討論篇章字句
者始自《文心雕龍》中之〈章句〉、〈練字〉等篇，但其內容重在論而
不在評；而《詩品》只舉名篇，極少論及字句等細節。唐、宋雖有詩
格、詩式次類出現，〔註3〕卻只重在字句。宋人論詩風氣興盛後，其
中漸及字句之評論，如魏慶之《詩人玉屑》中，有關「句法」、「下字」、
「屬對」各有專類論述，便是一例，各家詩話亦多摘句批評。辰翁身
處南宋之末，自然受兩宋論詩風氣之影響，最難能可貴的是，在評詩
時掌握了杜詩中的要義，能夠最大限度地保持杜詩原有的意味，而不
隨俗加以繁注。但是這種品評方式對讀者也是很高的考驗，因爲評點
者對文本的領會往往是主觀的，如果評者體會不深，提出一些並不恰
當的境界作爲象徵，則讀者莫測高深，無法訴之於理性的分析，這也
是辰翁招致最多非議之處，自元以來，批評辰翁最甚者要屬清人錢謙
益，雖然他稱允「評杜者莫不善於劉辰翁」，但相對地亦認爲「不識
杜之大家數」。事實上，錢氏箋杜側重以史證詩，以勾稽考核歷史事
實、探揣作意、闡明詩旨爲務，他所謂的大家數必須是批評涵蓋範圍
寬廣，決非辰翁看似三言兩語之批語可以打發，故錢氏以清人眼光責
難辰翁有失公允。

　　倘若評點之學僅只於取便科舉的文章範本之類，沒有辰翁以文學
眼光加以評點而開風氣之先，並運用於杜詩批評的話，明代之後評點

〔註2〕今可見之《杜子美詩集》之劉將孫序已殘，僅見末頁，藉以一窺辰
　　　　翁評點之旨在於「以使讀者得於神」。
〔註3〕詳參郭紹虞：《中國文學批評史》，〈論格論例之著〉，頁272。

之學或未必如此偃然風行，或許也就不會有金聖嘆以形式批評法批解杜詩、以及明清之後一百多部評杜之作的貢獻了。故論及文學作品的評點，直接間接都受到南宋劉辰翁的影響。固然評點創爲文學批評的一種方式，是宋代文學最大的成就之一，同時對杜詩學而言，辰翁評杜，無疑開啓了選雋解律、析奇評賞之風，將宋代以後之杜詩學帶領進入了一個嶄新的詮釋方向。

主要參考書目

一、劉辰翁詩集、評點作品

1. 劉辰翁，《須溪集》，文淵閣四庫全書，《四庫全書珍本》四集。

2. 劉辰翁，《須溪四景詩集》，《四庫全書珍本》十一集。

3. 劉辰翁，《劉須溪先生記鈔》，明天啓刊本（中央圖書館藏善本）。

4. 李賀撰，劉辰翁評，《箋注李長吉歌詩》，文淵閣《四庫全書》。

5. 吳正子註，劉辰翁評，《箋註評點李長吉歌詩》，《四庫全書珍本》四集。

6. 杜甫撰、劉辰翁評，《杜子美詩集二十卷》，明末葉刊本（中央圖書館藏善本）。

7. 劉辰翁評，《集千家評點杜工部集》，四部叢刊廣編，台北：台灣商務印書館，1981 年。

8. 劉辰翁評點、高楚芳編，《集千家批點補遺杜工部詩集》，台北：大通書局，1974 年。

9. 王維撰、劉辰翁評，顧起經注，《類箋王右丞全集》，台北：學生書局縮印本。

10. 李雁湖箋注、劉須溪評點，《箋注王荊文公詩（附年譜）》，廣文書局印行。

11. 劉辰翁評，《增刊校正王狀元集諸家注分類東坡詩》，元盧陵刊本（中央圖書館藏善本）。

12. 劉辰翁評，《劉須溪先生批註三子》，明末葉刊本（中央圖書館藏善本）。

13. 陸游撰、劉辰翁評,《精選陸放翁詩集》,文淵閣《四庫全書》,四部叢刊本。

14. 劉義慶撰、劉辰翁評,《世說新語》,元坊刊本（中央圖書館藏善本）。

15. 倪思撰、劉辰翁評,《班馬異同》,文淵閣《四庫全書》。

二、評杜相關專著

1. 金聖嘆批,《唐才子詩集》,台北：廣文書局,1982 年。

2. 金聖嘆撰,《唱經堂杜詩解》,台北：大通書局,1974 年。

3. 金聖嘆撰,《金聖嘆全集》,台北：長安出版社,1986 年。

4. 錢謙益注,《錢牧齋先生箋註杜詩》,台北：大通書局,1974 年。

5. 錢謙益箋注,《杜詩錢注》,台北：世界書局,1965 年。

6. 錢謙益箋注,《讀杜小箋》,台北：廣文書局,1976 年。

7. 錢謙益撰,《錢謙益全集》,上海：上海古籍出版社,2003 年。

8. 吉川幸次郎編,《杜詩又叢》,京都：中文出版社,1977 年。

9. 鄭慶篤、焦裕銀、張忠綱、馮建國編著,《杜集書目提要》,濟南：齊魯書社出版,1986 年。

10. 周采泉編,《杜集書錄》,上海：上海古籍出版社,1986 年。

11. 吳瞻泰評選,《杜詩提要》,台北：大通書局,1974 年。

12. 單復撰,《讀杜愚得》,台北：大通書局,1974 年。

13. 蒲起龍撰,《讀杜心解》,台北：大通書局,1974 年。

14. 郭知達集註,《九家集註杜詩》,台北：大通書局,1974 年。

15. 吳見思註、潘眉評,《杜詩論文》,台北：大通書局,1974 年。

16. 哈佛燕京學社引得編纂處編,《杜詩引得》,台北：成文出版社,1966 年。

17. 黃永武編,《杜甫詩集四十種索引》,台北：大通書局,1976 年。

18. 《杜甫年譜》,台北：學海出版社,1981 年。

三、其他相關專著

1. 紀昀等編,《四庫全書總目提要》,台北：藝文印書館,1979 年。

2. 畢沅,《續資治資通鑑》,台北：藝文印書館,1956 年。

3. 托托,《宋史》,上海：台灣商務印書館,1957 年。

4. 曾國藩撰、李瀚章編校：《曾文正公（國藩）全集：經史百家雜鈔・經史百家簡編》,台北：文海出版社,1974 年

5. 曾國藩編、王有宗評注、費有容校訂：《評點音注十八家詩鈔》，上海：商務出版社，1919 年。

6. 葉德輝，《書林清話》，台北：文史哲出版社，1973 年。

7. 錢謙益，《牧齋初學集》，台北：文海出版社，1987 年。

8. 呂祖謙，《古文關鍵》，台北：藝文印書館，1966 年。

9. 樓昉，《崇古文訣》，台北：台灣商務印書館，1983 年。

10. 謝枋得，《文章軌範》，鄭州：中州古籍出版社，1991 年。

11. 眞德秀，《文章正宗》，台北：台灣商務印書館（《四庫全書珍本》十一集），1981 年。

12. 楊倫，《杜詩鏡詮》，台北：藝文印書館，1978 年。

13. 方回，《文選顏鮑謝詩評》，台北：台灣商務印書館，1973 年。

14. 黃宗羲，《宋元學案》，台北：世界書局，1983 年。

15. 朱晨編、胡文煥校，《古今碑帖考》，景印岫廬現藏罕傳善本叢刊，台北：台灣商務印書館，1973 年。

16. 馮雲濠、王梓材撰、張壽鏞校補，《宋元學案補遺》，台北：世界書局，1974 年。

17. 黃庭堅，《豫章黃先生文集》，台北：台灣商務印書館（四部叢刊本）。

18. 劉克莊，《後村大全集》，台北：台灣商務印書館（四部叢刊本）。

19. 蘇軾，《蘇東坡全集》，台北：河洛圖書公司，1975 年。

20. 陳振孫，《直齋書錄解題》，上海：上海古籍出版社，1987 年。

21. 金聖嘆，《聖嘆選批唐才子詩》，台北：正中書局，1956 年。

22. 厲鶚輯，《宋詩紀事》，上海：上海古籍出版社，1983 年初版。

23. 唐圭璋編，《全宋詞》，台北：明倫出版社，1975 年。

24. 章學誠，《文史通義》，台北：中華書局，1979 年。

25. 何文煥輯，《歷代詩話》，台北：漢京文化事業，1983 年。

26. 丁福保輯，《歷代詩話續編》，台北：木鐸出版社，1983 年。

27. 嚴羽，《滄浪詩話》，台北：廣文書局，1990 年。

28. 黃徹，《䂬溪詩話》，台北：藝文印書館，1966 年。

29. 胡應麟，《詩藪》，台北：廣文書局，1973 年。

30. 阮元，《三家詩補遺》，台北：藝文印書館，1970 年。

31. 阮元，《小滄浪筆談》，台北：廣文書局，1970 年。

32. 阮元，《石渠隨筆》，台北：廣文書局，1969 年。

33. 莊仲方，《南宋文範》，台北：鼎文書局，1975 年。

34. 朱晨編、胡文燠校：《古今碑帖考》，台北：台灣商務印書館，1973 年。

35. 王補、曾燦才修，《民國廬陵縣志》，南京：江蘇古籍出版社，1996 年。

36. 〔清〕萬斯同，《宋季忠義錄》，《叢書集成續編》二五三冊史地類，台北：新文豐出版公司，1988 年。

37. 程敏政輯，《宋遺民錄》，叢書集成新編一〇一冊，新文豐出版公司，1982 年。

38. 劉將孫，《養吾齋集》，文淵閣《四庫全書》，《四庫全書》珍本初集。

39. 周南瑞，《天下同文集》，《叢書集成續編》一〇五〈文學類〉，台北：新文豐出版社，1988 年。

40. 釋道原，《景德傳燈錄》，台北：新文豐出版社，1988 年。

41. 劉伯驥，《宋代政教史》，台北：中華書局，1971 年。

42. 鍾惺著，李先耕、崔重慶標校：《隱秀軒集》序，上海：古籍出版社，1992 年。

43. 譚元春撰，《譚友夏合集》卷八，台北：偉文出版社，1976 年。

44. 王夫之撰、戴鴻森點校，《薑齋詩話箋注》，台北：木鐸出版社，1982 年。

45. 楊慎，《升菴全集》，台北：台灣商務印書館，1968 年。

46. 李賀著、王琦等評注，《三家評注李長吉歌詩》，香港：中華書局，1976 年。

47. 黃生撰，《杜工部詩說十二卷詩概說一卷》，台南：莊嚴文化事業，1997 年。

48. 吳焯，《繡谷亭薰習錄》，北京：中華書局，2006 年。

49. 楊紹和，《楹書隅錄續錄》，台北：廣文書局，1967 年。

50. 高棅，《唐詩品彙》，上海：上海古籍出版社，1993 年。

51. 黃庭堅，《豫章黃先生文集》，台北：台灣商務印書館，1979 年。

52. 顏元叔編，《西洋文學辭典》，台北：正中書局，1991 年。

53. 郭紹虞，《宋詩話考》，台北：漢京文化事業，1983 年。

54. 郭紹虞，《宋詩話輯佚》，台北：華正書局，1981 年。

55. 范溫，《潛溪詩眼》，台北：華正書局，1981 年。

56. 周慶華，《詩話摘句批評研究》台北：文史哲出版社，1993 年。

57. 簡恩定,《清初杜詩學研究》,台北:文史出版社,1986 年。

58. 張夢機,《讀杜新箋——律髓批杜詮評》,台北:漢光文化事業公司,1987 年。

59. 張夢機,《鷗波詩話》,台北:漢光文化事業公司,1984 年。

60. 康來新,《晚清小說理論研究》,台北:大安出版社,1986 年。

61. 吉川幸次郎著、鄭清茂譯,《宋詩概說》,台北:聯經出版社,1988 年。

62. 蘇文婷,《宋代遺民文學研究》,台北:學生書局,1979 年。

63. 由毓淼,《杜甫和他的詩》,台北:學生書局,1971 年。

64. 朱自清,《朱自清古典文學論文集》,上海:上海古籍出版社,1980 年。

65. 張健,《宋金四家文學批評研究》,台北:聯經出版社,1983 年。

66. 吳宏一,《清代詩學初探》,台北:牧童出版社,1986 年。

67. 陳萬益,《金聖嘆的文學批評考述》,台北:台大文史叢刊,1976 年。

68. 鐵琴廔編,《金聖嘆尺牘》,台北:廣文書局,1989 年。

69. 楊松年,《中國文學評論史編寫問題論析》,台北:文史哲出版社,1988 年。

70. 黃景進,《嚴羽及其詩論之研究》,台北:文史哲出版社,1986 年。

71. 杜松柏,《禪學與唐宋詩學》,台北:黎明文化事業,1978 年。

72. 沈謙,《期待批評時代的來臨》,台北:時報文化出版,1986 年。

73. 黃維樑,《中國詩學縱橫論》,台北:洪範書店,1986 年。

74. 龔鵬程,《詩史本色與妙悟》,台北:學生書局,1993 年。

75. 龔鵬程,《江西詩社宗派研究》,台北:文史哲出版社,1983 年。

76. 陳文華,《杜甫傳記唐宋資料考辨》,台北:文史哲出版社,1987 年。

77. 華文軒編,《古典文學研究資料彙編》,杜甫卷上編唐宋之部,台北:中華書局出版,1974 年。

78. 張健編,《南宋文學批評資料彙編》,台北:成文出版社,1978 年。

五、文學史、批評史、思想史

1. 郭紹虞,《中國文學批評史》,台北:文史哲出版社,1990 年。

2. 羅根澤,《中國文學批評史》,台北:學海出版社,1990 年。

3. 王運熙、顧易生,《中國文學批評史》,台北:五南出版社,1991 年。

4. 蔡鍾翔、黃保真、成復旺,《中國文學理論史》,台北:洪葉出版社,

1993 年。

5. 洪修平,《中國禪學思想史》,台北:文津出版社,1994 年。

6. 張健,《中國文學批評》,台北:五南出版社,1984 年。

六、單篇論文

1. 夏志清,《中國小說、美國評論家》,中國時報,1983 年 12 月 30 至 1 月 4 日。

2. 費維廉,《主觀與批評理論——兼談中國詩話》,《中外文學》,第六 第十一期。

3. 單德興,《試論小說評點與美學反應理論》,《中外文學》,第廿卷第 三期。

4. 黃孝光,《遺民詞劉辰翁之生平與詞風》,《木鐸》第九期,1980 年 11 月。

5. 黃孝光,《遺民詞人劉辰翁之時代背景》,《中原學報》,1980 年 12 月。

6. 孫克寬,《元初南宋遺民初述》,《東海學報》十五卷。

7. 陳世驤著、古添洪譯,〈論詩:屈賦發微〉,《幼獅月刊》,四五卷二。

8. 楊玉成,〈劉辰翁:閱讀專家〉,《國文學誌·宋代文化專號》,第三 期,1999 年 6 月。

9. 孫琴安,〈劉辰翁的文學評點及其地位〉,《天府新論》,第六期,1997 年。

七、學位論文

1. 中村加代子,《劉辰翁文學批評研究》,台灣大學中研所 1983 年碩士 論文。

2. 郭玉雯,《宋代詩話的詩法研究》,台灣大學中研所 1983 年博士論文。

3. 林淑貞,《劉辰翁遺民詞研究》,台灣師大國研所 2002 年碩士論文。

4. 徐國能,《歷代杜詩學詩法論研究》,台灣師大國研所 2002 年博士論 文。

5. 賴靜玫,《劉辰翁詩歌評點析論——以唐代詩歌為研究中心》,淡江 大學中研所 2002 年碩士論文。